LES

BOUDOIRS DE PARIS

VI.

Imprimerie Ducessois, 55, quai des Augustins.

LES
BOUDOIRS
DE PARIS

LE DUC D'ABRANTÈS.

TOME SIXIÈME.

PARIS.
COMPTOIR DES IMPRIMEURS-UNIS,
15, QUAI MALAQUAIS.
1846.

CHAPITRE PREMIER.

Lorsque l'Empereur promenait ses aigles victorieuses d'un bout à l'autre de l'Europe, et que, suivant l'expression du grand poëte, il apprenait *à nos drapeaux le chemin de toutes les capitales,* il ne négligeait rien de ce qui pouvait ajouter à l'éclat de sa marche triomphale. A plus de quatre cents lieues de Paris, il avait dit aux rois ses courtisans :

— Je vous donnerai les plaisirs de Paris.

Il dit à Talma :

— Je vous donnerai un parterre de rois!

Et devant un parterre de rois, Talma et l'élite de la Comédie-Française représentaient les chefs-d'œuvre de Corneille et de Racine dans l'élégante salle de spectacle du palais Marcolini, à Dresde.

Tout flatté qu'il dût être de jouer *Hamlet*, *Oreste* et *Néron* en présence d'un pareil auditoire, il est possible que parfois le grand artiste se soit surpris à regretter son parterre des Français, si intelligent, si sympathique, parce que, pour lui, la question de l'art était la grande question; mais il est permis de croire que tous les

membres du sénat comique n'envisa-
geaient pas la chose sous un point de vue
aussi philosophique, et que la position
sociale des illustres spectateurs était, pour
la plupart des camarades de Talma ap-
partenant au sexe féminin, la source de
réflexions d'un ordre un peu plus mon-
dain.

Ces dames donc, imbues de cette vérité
éternelle qu'un bel œil a son prix, rivali-
saient, près de l'illustre aréopage, d'œillades autant que de talent. Celles mêmes qui
n'osaient espérer d'effacer en mérite telle
de leurs concurrentes, se flattaient en secret de l'emporter sur elle par leurs charmes et l'à-propos de leurs sourires. A cela,
il n'y avait rien à reprendre. L'Empereur
mettait sa gloire à pouvoir dire : J'ai battu
le roi de Prusse et l'empereur Alexandre;
Talma à dire : J'ai fait pleurer et frémir

des têtes couronnées ; ces dames pouvaient bien tenir à honneur de pouvoir dire : J'ai disputé à ma rivale le cœur de telle ou telle Majesté, et je l'ai vaincue. La victoire devait être à celle qui, en retournant à Paris, aurait le droit de dire avec orgueil :

— Je vaux quelque chose de plus que telle de mes compagnes : elle n'a soumis que deux ou trois princes, et j'ai vaincu un empereur et deux rois !

Les illustres convives de Napoléon ne firent point faute à ces dames : ils rendaient les armes aux reines de la Comédie-Française presque aussi facilement qu'à l'Empereur lui-même. Aussi, Dieu sait quel assaut de sourires et d'œillades faisaient entre elles ces charmantes personnes !

Un soir, on jouait *les trois Sultanes ;*

mademoiselle B..., qui jouait Roxelane, et qui y était ravissante, s'aperçut que la lorgnette du roi de Prusse ne se lassait pas de se braquer sur le champ de bataille où s'exécutaient à l'envi les plus savantes évolutions. Elle redoubla de mines plus agaçantes les unes que les autres, et il lui sembla remarquer que la royale lorgnette la distinguait d'une manière toute particulière. Quelques signes assez significatifs vinrent à l'appui de ses observations, et quand la toile tomba, Roxelane avait la certitude qu'elle était bien réellement la sultane à qui le successeur du grand Frédéric avait destiné les honneurs du mouchoir.

D'ailleurs, si elle avait conservé le moindre doute, il aurait été bientôt dissipé par la démarche que fit auprès d'elle un des courtisans qui entouraient le roi de Prusse.

Ce personnage prit la peine de venir trouver mademoiselle B... dans sa loge, et de
lui annoncer en termes fort clairs que, si
elle l'avait pour agréable, l'intention de
Sa Majesté prussienne était de venir,
quand tout reposerait dans le palais, déposer près d'elle, pendant une heure ou
deux, le fardeau importun de la grandeur.

Comme on le pense bien, Roxelane répondit qu'elle était aux ordres de Sa Majesté, dont les hommages la vengeaient
quelque peu des dédains bien connus de
l'Empereur.

On avait logé au second étage ces dames
de la Comédie. Mademoiselle B..., qui, en
femme expérimentée, n'avait pas manqué
de donner sur l'appartement qu'elle occupait tous les renseignements convenables
au noble envoyé du roi de Prusse, ne lais-

sait pas cependant de concevoir quelques inquiétudes.

— Nous sommes ici pêle-mêle, dit-elle à sa sœur ; j'ai remarqué que, pendant le spectacle, M... et L... faisaient tous leurs efforts pour attirer l'attention du roi de Prusse. Ces gens-là ne sont pas habitués à chercher les bonnes fortunes à tâtons. Celui-ci, avec sa longue queue, est capable d'aller du nez chez une de ces coquines-là (mademoiselle B... avait un petit dictionnaire à son usage qui admettait d'ordinaire le mot propre, comme le plus commode pour exprimer ce qu'elle voulait dire). — Elles sont de force à me le souffler. Je ne serai tranquille que quand il sera ici.

La sœur de Roxelane comprit parfaitement les inquiétudes qui l'agitaient. Elle rêva quelques instants ; puis, tout à coup, illuminée d'une idée sublime :

— J'ai trouvé ! s'écria-t-elle de l'air de triomphe qu'eût employé un chercheur du grand œuvre pour dire : EUREKA ! — J'ai trouvé !

— Qu'est-ce que tu as trouvé ? dit mademoiselle B..., qui écoutait plus attentivement si un bruit de pas n'annoncerait pas la venue du royal visiteur, qu'elle ne faisait attention à ce que lui disait sa sœur.

— Un phare ! s'écria avec enthousiasme la bonne sœur de la comédienne.

— Va te promener avec ton phare ! dit Roxelane impatientée.

— Tu vas voir ! dit la sœur incomprise.

Et avec cette assurance qui est l'apanage du génie quand il a la conscience de sa force, elle ouvrit la fenêtre toute grande, approcha une table sur laquelle elle plaça un champignon à chapeau, coiffa le champignon du turban que portait sa sœur dans *les trois Sultanes*, le flanqua de deux candélabres à trois bougies, et vint se poser triomphante devant mademoiselle B..., qui ne comprenait rien à cette singulière évolution.

—Qu'est-ce que c'est que cela? dit-elle à sa sœur.

— Parbleu! dit la bonne Lili, pour une fille d'esprit, tu as aujourd'hui la tête diablement dure. Tu ne vois pas que cela veut dire à ton roi de Prusse : C'est Roxelane que vous cherchez, voilà Roxelane; Roxelane est ici, et point ailleurs.

Roxelane ne trouva pas l'idée mauvaise, et en effet, rien n'autorise à affirmer que, sans le phare de nouvelle invention imaginé par l'industrieuse Lili, le roi de Prusse ne se fût pas égaré dans le corridor où, comme le craignait mademoiselle B..., il était bien possible que l'on eût tendu plus d'un piége pour souffler à l'heureuse sultane la bonne aubaine que lui avaient value ses beaux yeux.

C'était, du reste, une fort drôle de personne que mademoiselle B..., et elle comptait parmi ses adorateurs un grand nombre de têtes couronnées. Elle parlait de ces illustres amants comme s'il eût été question de Nicolas, dont je vais vous dire l'histoire tout à l'heure. Un de ces rois, qui ne le fut que par la grâce de Napoléon (bien qu'il ait eu depuis le bonheur ou le bon esprit de garder la position que l'Empereur lui avait faite), avait longtemps habité Paris lorsqu'il n'était encore qu'Électeur. C'était un aimable homme, passant plus volontiers son temps dans les coulisses de l'Opéra et des Français, ou dans les boudoirs

de ces dames que dans le cabinet d'un ministre. Il avait été très-lié avec mademoiselle B... Arriva un jour où l'Empereur
eut besoin de faire de l'Électorat un petit
royaume, et voilà l'Électeur décoré du
titre de Majesté. Il paraît que cet auguste
rang n'imposait guère à mademoiselle B...,
car le jour où elle apprit le changement
survenu dans la fortune de l'Électeur,
l'irrévérencieuse personne dit avec autant
de laisser-aller que si elle se fût félicitée
de la promotion d'un caporal au grade de
sergent :

— Ah ! ce pauvre Max ! *il est passé roi !*
Eh bien ! j'en suis vraiment bien aise pour
lui : c'est un bon enfant !

Elle ne se contentait pas toujours de
l'appeler *ce pauvre Max !* elle avait, pour
désigner le prince dont il est question, un
mot encore moins respectueux qu'un nom

propre tout court. De ses nombreuses relations avec tant de souverains étrangers
ou indigènes, il était résulté pour mademoiselle B... un écrin magnifique. Quand
elle avait sur elle ses principaux bijoux,
elle se plaisait ordinairement à faire, pour
l'éducation des personnes présentes, un
petit cours d'histoire qui ne manquait pas
d'intérêt. Sa parure était une vraie feuille
de l'introduction à l'almanach impérial.

— Cela, disait-elle en montrant une bague, c'est le prince Lucien qui me l'a
donné; cela, c'est le roi de Prusse; ce bra-
celet, c'est le grand-duc de...; l'aigrette,
c'est l'empereur de Russie; et ainsi de
suite jusqu'à ce qu'elle arrivât à deux ou
trois bijoux qu'elle gardait pour la bonne
bouche. Alors elle souriait d'un air d'intelligence, et elle disait en secouant la
tête:

—Quant à ceux-là, c'est *Chose!*

Chose, c'était le roi Max.

Je crois que je vous ai promis l'histoire de Nicolas. Il y a terriblement loin du roi Max, ou même *Chose,* à M. Nicolas! Mais, que diable voulez-vous? le soleil luit pour tout le monde! Je vous ai promis l'histoire de Nicolas; un galant homme n'a qu'une parole : voici l'histoire de Nicolas.

Un jour, mademoiselle B... voit entrer dans sa chambre sa camériste riant aux éclats. Zaïre était bonne personne : elle s'informe de ce qui cause l'hilarité de mademoiselle Finette, Lisette ou Marton, comme vous voudrez, et, tout en riant de plus belle, la soubrette lui déclare que jamais elle n'oserait dire à sa maîtresse ce qui avait provoqué ce pétulant accès de gaîté. Mademoiselle B... insiste : la camériste se retranche derrière le respect qu'elle doit à *Madame*, et finit par dire qu'elle rit de Nicolas.

— Qu'est-ce que c'est que Nicolas ?

— Nicolas, c'est le porteur d'eau.

— C'est un beau garçon, dit Zaïre, qui avait laissé tomber un regard de connaisseuse sur Nicolas.

Et la soubrette de rire plus fort.

— Enfin, dit mademoiselle B..., qui était de belle humeur, me diras-tu pourquoi Nicolas t'égaie si fort ?

— Je ris parce qu'il est triste, dit la femme de chambre.

— Et pourquoi monsieur Nicolas est-il triste ? reprit mademoiselle B...

— Madame ne se fâchera pas ? dit Finette.

— Non, dit Zaïre ; parle donc !

— Eh bien ! dit la camériste en redoublant ses éclats de rire, il est triste parce qu'il est amoureux de Madame.

— Quelle folie ! dit l'actrice en devenant quelque peu rêveuse.

Puis elle n'en reparla plus.

Le lendemain elle dit sérieusement à sa femme de chambre :

— Quand Nicolas viendra, vous le ferez entrer, je veux lui parler. Je veux le guérir de sa folie, ce pauvre garçon !

Mademoiselle Finette, qui était faite aux allures de sa maîtresse, se douta bien que le remède ne consisterait pas en sermons philosophiques. Elle garda pour elle ses réflexions, en soubrette bien apprise, et, quand Nicolas se présenta, elle lui dit sans commentaires :

— Nicolas, madame veut vous parler ; venez avec moi.

Nicolas devint rouge comme une cerise, et ne bougea pas.

La soubrette fut obligée de le prendre par la main et de le traîner, plutôt que de le conduire, dans la chambre de mademoiselle B..., qui était négligemment étendue sur une chaise longue, en peignoir du matin. Nicolas pensa tomber à la renverse : le sang lui montait au visage et l'aveuglait.

— Nicolas, lui dit d'une voix douce la séduisante comédienne, vous êtes triste, mon garçon ; il faut prendre garde à cela ; vous êtes malade : il faut vous soigner.

Nicolas, qui se croyait un déluré, ne trouvait pas la force d'ouvrir la bouche. L'actrice l'examinait et voyait avec complaisance l'effet qu'elle produisait sur cet homme d'une nature grossière, mais d'une magnifique et riche organisation physique;

qualité à laquelle la chaste Andromaque n'était pas insensible.

— Tenez, dit-elle enfin, je sais ce qu'il vous faut. Voilà un abonnement pour les Bains-Chinois : prenez six bains ; quand vous les aurez pris, revenez me voir ; si vous n'êtes pas mieux, nous verrons ce qu'il y aura à faire.

Quoique l'Auvergnat ne comprît pas bien quel rapport pouvaient avoir des bains avec la langueur qui le dévorait, il prit les cachets d'un air soumis, et se retira en poussant un soupir à éteindre les réverbères de la Madeleine à la porte Saint-Denis.

— Eh bien, Nicolas, dit la soubrette qui le guettait au passage, que vous a dit mademoiselle?

— Elle dit comme ça que je suis malade, dit l'enfant de l'Auvergne, et elle m'a donné des cartes pour aller prendre des bains ; elle dit que ça me fera du bien.

Finette, qui comprenait à demi-mot, renouvela son éclat de rire, et dit à Nicolas :

— Eh bien, Nicolas, il faut prendre vos bains, puisque c'est l'ordre de mademoiselle !

— Si je les prendrai, dit l'obéissant porteur d'eau, je me mettrais dans le feu pour elle !

L'obéissance de Nicolas ne devait pas avoir un résultat aussi funeste que celui qu'aurait eu le dévouement dont il se vantait : il se mit à l'eau consciencieusement ; et quand il vint rendre compte à la charmante actrice de la manière dont il avait exécuté son ordonnance, il est à croire ou que l'ordonnance avait eu des

effets salutaires, ou que la charitable con-
seilleuse trouva quelque autre remède à
la langueur de Nicolas, car Nicolas reprit
sa gaîté, et mademoiselle Finette n'eut
plus occasion de rire au nez de ce pauvre
homme.

De tout temps on a vu de ces rappro-
chements entre les personnes accoutu-
mées au luxe et aux délicates amours,
et celles qui n'ont pour elles que leurs
qualités naturelles. Ce n'est qu'à l'Opéra-
Comique et au Vaudeville que les bergères
portent des bas de soie, les ravaudeuses
des tabliers de dentelles, et que les unes
et les autres se lavent les mains à la pâte
d'amande. Pourtant, quoi de plus fréquent
que de voir des jeunes filles d'humble
naissance séduites par des hommes comme
il faut ? Il est plus rare de voir les femmes
de notre monde se passer la fantaisie d'un

caprice en dehors des hommes de leur nature ; mais cela s'est vu, se voit encore et se verra probablement toujours. — La nature est plus forte que la civilisation ; il est telles circonstances où la plus ferme volonté est impuissante devant les aiguillons de la chair. Qu'y faire? en rougir : c'est en vérité tout ce qu'il est possible d'accorder à la philosophie, qui perd son latin à vouloir refaire la nature humaine. Quand les passions parlent, actrice ou grande dame, il faut obéir.

Ce que fit mademoiselle B... à l'égard de Nicolas, une femme assez haut placée dans la société à la même époque se le permit avec des circonstances que lui aurait enviées la comédienne. La comtesse de... avait une terre à une vingtaine de lieues de Paris. Elle y passait tout l'été, et ordinairement elle y avait bonne compagnie,

car la comtesse était riche, jolie, pas fa-
rouche (tant s'en fallait), et son château
était le lieu de France où l'on pouvait le
mieux se divertir en liberté.

En 1811, elle avait passé et fait passer
à quelques personnes des deux sexes un
été fort agréable. Mais, par un concours
de circonstances imprévues, vers la fin
du mois de septembre elle se trouva seule
dans son château, ses hôtes ayant promis
de finir la saison chez d'autres amis, ou
ayant été obligés de s'absenter pour une
raison quelconque. Cette solitude inopi-
née se combina fatalement pour la comtesse avec des réparations qu'elle faisait
faire à son habitation de Paris, et qui la
forçaient de rester dans sa terre jusqu'au
commencement de novembre.

Elle s'ennuyait à mourir; elle montait
à cheval, parcourait le pays dans tous les

sens ; mais, quelque mouvement qu'on se
donne, on ne peut empêcher les jour-
nées d'avoir vingt-quatre heures ; et quand
on est seul, fût-on dans le plus beau lieu
du monde, on a bien de la peine à ne pas
trouver qu'au lieu de vingt-quatre heures
la journée en a quarante-huit ; car, comme
l'a si spirituellement dit Vauvenargues,
la solitude est une belle chose, mais encore faut-il que l'on ait quelqu'un à qui
l'on puisse dire : La solitude est une belle
chose!

Or, la comtesse n'avait pas même à qui
dire : La solitude est une triste chose ; si
bien que la vie de château commençait à
lui peser étrangement, quand le diable
s'en mêla et lui arrangea une occupation
qui lui fit oublier Paris et les Parisiens.

Dans une des courses qu'elle faisait
pour tuer le temps, s'étant aventurée un

peu à la légère, sur un cheval ombrageux, dans un canton qui lui était peu connu, son cheval l'emporta; et, quand elle parvint à l'arrêter, elle était complétement égarée. La nuit commençait à tomber, et la comtesse ne fut pas sans inquiétude, quand un villageois, à qui elle demanda son chemin, lui apprit qu'elle était à plus de quatre lieues de sa demeure.

— Il y a pour vous deux napoléons à gagner si vous voulez me remettre dans ma route, dit-elle au paysan.

— Dam, répondit celui-ci, on m'attend chez nous, et si je tardais trop on serait inquiet.

— Montez en croupe, dit la comtesse, nous irons plus vite, et je vous ferai donner un cheval pour revenir. Vous ne perdrez ainsi que fort peu de temps, et je serai reconnaissante du service que vous me rendrez.

Le paysan se gratta l'oreille ; deux napoléons étaient bons à gagner : enfin, après deux ou trois minutes de réflexion, il prit son parti, et, tant bien que mal, il s'établit en croupe derrière la comtesse, non sans avoir marmotté entre ses dents :

— Bah ! Louise ne m'en voudra pas d'avoir rendu service à c'te dame !

Le jour était encore assez grand pour permettre à la comtesse de voir que son guide était un grand garçon taillé en Hercule, et à qui il ne manquait que la grâce pour être beau comme l'Apollon ou comme Albert d'Orsay. Le cheval qu'elle montait avait une allure un peu vive malgré le double poids dont il était chargé, ce qui faisait que le pauvre garçon était mal à l'aise dans sa position de cavalier en croupe, et que deux ou trois fois il manqua de rouler à terre, accident qu'il n'évita qu'en se cramponnant à la selle de la comtesse.

— Passez vos bras autour de ma taille, lui dit celle-ci ; ne craignez rien, je suis solide.

Le villageois n'osait pas accepter le secours qu'on lui offrait ; mais un nouveau bond du cheval qui faillit le désarçonner lui fit comprendre qu'il ferait bien de ne pas dédaigner l'aide de la comtesse, et il passa timidement ses bras autour de la taille cambrée de sa conductrice, en ayant bien soin toutefois de ne pas la toucher, et d'appuyer ses mains sur le pommeau de la selle.

— Quel âge avez-vous? lui dit la comtesse tout en galopant.

— J'ai vingt ans, dit l'apprenti cavalier.

— Vous n'êtes pas marié?

— Non, madame! répondit le paysan avec un gros soupir.

— Et quelle est donc cette Louise dont je vous ai entendu prononcer le nom tout à l'heure?

— C'est ma bonne amie, dit naïvement le jeune homme; je dois l'épouser à la Saint-Martin.

— Si jeune? fit la comtesse.

— Dam, madame la comtesse, dit le paysan, il faut se marier jeune à présent; j'ai déjà deux frères à l'armée, et si je ne me marie pas de bonne heure je pourrais bien partir l'année prochaine.

— L'aimez-vous bien? dit négligemment la comtesse.

— Ah! oui! fit le villageois avec un nouveau soupir.

Le cheval fit une nouvelle frasque qui fut sur le point de faire tomber le pauvre homme.

— Vous ne vous tenez pas assez ferme, dit la comtesse, dont les joues étaient enflammées, serrez-moi tout à fait; vous vacillez tellement que vous risquez de nous faire tomber tous les deux.

Au point de vue équestre, l'observation n'était pas sans mérite. Probablement elle convainquit complétement maître Pierre (c'était le nom du villageois), car il rapprocha ses deux bras et appuya solidement ses deux mains sur le flanc droit de la comtesse.

La route ne parut pas longue aux deux voyageurs, parce que la comtesse trouva moyen de soutenir la conversation, qui eût infailliblement langui si elle ne fût un peu venue en aide à monsieur Pierre. Enfin on arriva au château. La comtesse ne voulut pas que Pierre se remît en route sans se rafraîchir : le bon villageois fut traité convenablement, reçut sa récompense, et repartit sur un cheval frais, accompagné d'un domestique. Deux jours après, la comtesse passa, par hasard sans doute, dans le champ où labourait maître Pierre. Elle le reconnut, bien entendu, et le remercia de nouveau du service qu'il lui avait rendu.

— Et mademoiselle Louise, ajouta-t-elle d'un air un peu piqué, a-t-elle été bien inquiète?

— Oh ! je crois bien ! madame la comtesse, dit Pierre, elle m'attendait sur la porte.

— Je voudrais bien la connaître, reprit la comtesse de ce ton particulier aux femmes qui ont envie de trouver quelque chose à redire à une réputation de beauté bien établie.

— Ce serait bien de l'honneur que lui ferait madame la comtesse, dit le candide Pierre, qui ne comprenait pas que l'expression de ce désir de la grande dame ne voulait pas dire autre chose que : Je suis sûre que c'est une vraie Maritorne.

— C'est demain dimanche, reprit la comtesse, venez au château avec elle; vous me la présenterez : peut-être ne serez-vous pas fâché de ce que je prétends faire pour vous.

Pierre s'inclina respectueusement, ravi d'avoir rencontré une comtesse égarée, d'être monté en croupe derrière elle, et d'avoir acquis pour lui et sa future une si puissante protection en faisant une chose aussi simple que celle qu'il avait faite, et qu'on lui avait déjà payée deux napoléons.

Monsieur Pierre et mademoiselle Louise s'acheminèrent le lendemain vers le château de leur nouvelle protectrice, devant laquelle ils se présentèrent quelque peu embarrassés.

La comtesse prodigua des compliments à Louise, qui était vraiment charmante; mais une personne habituée au langage des gens du monde aurait facilement compris les réticences de ces éloges.

Ainsi, il était aisé de voir qu'après ces mots prononcés à haute voix : Mon Dieu! les beaux yeux! la perfide complimenteuse gardait *in petto* le petit correctif suivant : Il est vrai qu'ils ne valent pas les miens! — Si la comtesse disait : Mais voyez donc la jolie taille! elle jetait sur

sa propre ceinture un coup d'œil d'orgueil satisfait qui balançait l'éloge donné
à la paysanne, et elle accompagnait ce
coup d'œil d'un mouvement sans affectation de la main et du pied, qui lui donnait l'occasion de montrer un pied ou
une main avec lesquels la pauvre Louise
ne pouvait rivaliser ; et la fidélité dont
doit se piquer l'historien nous oblige de
confesser que la comtesse était en tout
supérieure à sa champêtre rivale ; car, il
faut bien le dire, Pierre avait fait impression sur le cœur ou plutôt sur les sens
de la comtesse, et elle était la rivale de
Louise.

Fière de la victoire que semblait lui assurer la comparaison, elle ne voulut pas
perdre de temps pour se passer la fantaisie qui venait si à propos occuper ses loi-
sirs trop prolongés. Elle feignit d'être fort

occupée, et en congédiant les deux amoureux elle dit à Pierre :

— Je voudrais faire quelque chose pour
vous ; j'ai besoin d'un jardinier ; venez
me voir demain, je m'entendrai avec vous
à ce sujet.

Pierre et Louise s'en retournèrent en-
chantés de madame la comtesse, et l'eau
leur vint à la bouche en songeant à la
possibilité d'avoir une place aussi re-
cherchée que l'était celle de jardinier du
château.

On pense bien que Pierre fut exact le
lendemain. La comtesse le reçut de la manière la plus gracieuse ; et, sous prétexte
de lui faire voir ce qu'il aurait à faire,
l'emmena à l'autre bout du parc.

Là, au bout d'une allée solitaire, était un
petit pavillon que la comtesse affection-
nait. Par mesure de prudence générale,

ses gens avaient l'ordre de ne pas la déranger quand elle s'y retirait. Si on avait affaire
à elle, une cloche placée à quelque dis-
tance, et qui avait un son particulier, l'a-
vertissait qu'on avait à lui parler. Quand
elle fut arrivée devant ce pavillon, elle prétexta quelque fatigue, et y entra avec
maître Pierre.

La comtesse avait très-bien compris qu'il
ne fallait pas effaroucher cette nature
naïve et primitive. Pierre était donc déjà
aussi à l'aise avec elle qu'il l'eût été avec
une de ses égales. La comtesse le fit asseoir,
et Pierre s'assit. La comtesse ferma la
porte et les fenêtres du pavillon, et Pierre
ne s'en émut pas le moins du monde ; puis
la comtesse s'étant assise, ou plutôt jetée
sur le sofa où elle avait fait asseoir Pierre,
celui-ci, en la voyant s'approcher de lui
on ne peut plus près, se contenta de rou-

gir, croyant que c'était ainsi qu'en usaient d'ordinaire les grandes dames.

Il ne tarda pas à être un peu plus surpris. La comtesse, qui n'aimait pas à perdre de temps, lui dit après un instant de silence :

— Pierre, comment me trouvez-vous?

Pierre fut assez étonné d'une pareille question : il regarda fixement la comtesse, et ne trouva pas un mot à lui répondre.

Elle ne se déferra pas. Elle appuya sur les yeux de Pierre un de ses plus puissants regards, et lui dit d'une voix altérée par le désir :

—Répondez-moi, Pierre : suis-je belle pour vous, oui ou non?

—Certainement, dit le paysan embarrassé; madame la comtesse sait bien... Je ne dois pas... Ce n'est pas à moi...

—Me trouvez-vous plus belle que Louise? dit la comtesse, dont les passions volcaniques fermentaient et débordaient de minute en minute.

—Oh! pour cela, madame la comtesse... il est sûr... non... c'est-à-dire... bien plus belle... Mais ce n'est pas la même chose.

—Pierre, dit la comtesse en fixant sur le jeune homme un regard de bacchante, je vous aime; je veux me donner à vous : le voulez-vous?

Pierre se leva : sa nature villageoise ne comprenait pas ce dévergondage de passion, et surtout de paroles : il crut sincèrement que la comtesse voulait l'éprouver; et il faut avouer que, pour l'honneur de la comtesse, c'était encore la manière la moins déraisonnable d'envisager la question.

—Madame la comtesse veut rire, dit-il sérieusement; mais je sais trop le respect que je lui dois...

—Laissez votre respect! s'écria la comtesse, et comprenez-moi. Je vous aime; il faut que je sois à vous; il le faut, entendez-vous bien?

Pierre fit un pas vers la porte; la comtesse se précipita au-devant de lui, étendit les bras; puis, le regardant avec des yeux où le feu du désir faisait briller sa prunelle comme celle du démon de la volupté:

—Pierre, dit-elle, restez; vous ne sortirez qu'en marchant sur mon corps!

En parlant ainsi, elle avait arraché la clef de la porte, avait ouvert une fenêtre et avait jeté la clef dans l'herbe touffue qui croissait en face du pavillon.

Pierre demeura stupéfait. Il y eut un moment de silence après lequel la comtesse, qui paraissait avoir recouvré un peu de calme, s'approcha du paysan, lui prit la main et lui dit d'une voix remplie de larmes:

— Pierre, je sais que je suis belle; mais vous trouvez Louise plus belle que moi, n'est-il pas vrai?

Pierre ne répondit pas; mais son silence équivalut à une affirmation.

— Pourtant, dit la comtesse qui essayait auprès de cette austère nature l'analyse de ce genre de séduction que les femmes n'emploient en général qu'à l'insu, pour ainsi dire, de ceux contre lesquels il est dirigé, — pourtant, Pierre, voyez: je l'emporte sur elle de toutes manières; elle ne saurait vous aimer autant que moi.

Ici Pierre secoua la tête d'un air de doute.

— Je suis riche et d'un rang élevé, continua la comtesse sans avoir l'air de faire attention à ce geste de Pierre, qui, à cette nouvelle attaque, répondit par un sourire qu'on aurait pu traduire par : Tant mieux pour vous ! mais que m'importe ? — Je suis riche, continua la comtesse, je suis jeune, moins jeune que Louise ; mais je suis dans l'âge où la femme commence à savoir, à pouvoir aimer ! Voyez, Pierre, continua cette femme exaltée qui se montait la tête à mesure qu'elle procédait à ce singulier et impudique examen des charmes de sa personne ; — voyez : on a souvent vanté mes pieds et mes mains ; qu'y trouvez-vous à redire ? Ma taille est plus fine que celle de Louise ;

voyez, Pierre, elle tiendrait dans vos dix doigts.

Pierre, incapable de se défendre contre une si étrange attaque, se laissait faire comme l'oiseau qui tombe dans la gueule du serpent fascinateur. Sa main, dont s'était emparée la comtesse, fut appelée à vérifier le mérite d'autres formes non moins intéressantes. Les cheveux de l'enchanteresse, quand vint leur tour d'être loués, se déroulèrent tout à coup, et l'inondèrent de leurs flots soyeux et noirs comme l'ébène. Enfin, quand la comtesse, qui, dans toute attente, avait sans doute pris ses précautions contre une résistance possible de la part du villageois, vit Pierre entraîné par ses séductions et la nature commencer à se troubler, une ceinture habilement dénouée laissa s'entrouvrir une ample douillette qui couvrait cette nouvelle Armide, et elle apparut aux yeux de Pierre dans l'état de Vénus sortant des flots.

La vertu est une belle chose; mais je déclare que monsieur Pierre serait à mes yeux le dernier faquin de l'univers s'il avait eu le lâche courage de se rappeler, en présence d'un pareil spectacle, qu'il existait en ce monde une Louise à laquelle il était fiancé; et je crois qu'il est permis d'avancer cette opinion que, de deux choses l'une : ou madame Putiphar était vieille et laide, ou elle n'a pas employé le moyen de la comtesse vis-à-vis du vertueux Joseph.

Pierre, qui a épousé Louise et est aujourd'hui maire de son village, Pierre, à qui, en causant il y a quelques jours, je faisais part de mon importante remarque sur la similitude entre sa position et celle du fils de Jacob, me fit cette observation : Il y a encore une troisième manière d'expliquer une telle résistance en pareil cas : la comtesse aurait été bien attrapée si, après m'avoir pris pour un taureau, elle eût vu que je n'étais qu'un bœuf.

II.

Il est un boudoir célèbre, et par la
déesse dont il était le temple, et par les
adorateurs qui vinrent y brûler leur encens. Je ne me serais point permis cette mé-
taphore mythologique et poudrée, si la

femme dont je parle n'appartenait entièrement à l'époque ou aux époques où
cette façon de dire était le *nec plus ultrà* de
la galanterie. Je voudrais être condamné
à passer dans un boudoir comme le sien,
avec une femme aussi jolie qu'elle l'était,
autant de jours que ce boudoir a été de
fois appelé un temple, elle saluée du titre
de déesse, et les fadeurs qu'on lui débitait
baptisées du nom d'encens. Après tout,
je ne vois pas que ces métaphores, gra-
cieuses en elles-mêmes, aient rien de plus
ridicule que celles qui consistent à appeler un élégant un *lion,* un jokey un *tigre,*
et autres niaiseries de même espèce.

Sans métaphores donc, le boudoir célèbre à juste titre dont je veux parler était
celui de mademoiselle C..., l'une des plus
illustres actrices de la Comédie-Française,
et morte marquise de P...

Le boudoir de mademoiselle C... était le rendez-vous de tout ce qu'il y avait de plus élégant, de plus haut placé et de plus aimable à Paris. Elle fut la maîtresse du comte d'Artois, depuis Charles X, qui lui écrivait :

« Je passerai demain devant votre porte, « mais je ne pourrai monter vous embras- « ser : il ne serait pas convenable que je « fisse attendre la Reine. »

Elle eut des relations intimes avec des hommes du plus grand nom, eut d'eux des enfants, et tous, ou presque tous ces enfants ont été reconnus par leurs pères, dont ils portent les noms, ce qui, pour les personnes qui ne sont pas au fait de leur origine maternelle, produit une confusion assez piquante. C'est en effet une assez singulière particularité, que ces hommes de noms différents et qui sont

frères. Quand tous les pères étaient vi-
vants, la chose devait être encore plus
frappante. Un de mes amis, M. O..., qui
est leur camarade de collége, m'a dit avoir
souvent, dans son enfance, dîné avec les
trois frères, dont l'un s'appelait G..., l'autre M..., et le troisième P...; ce dernier
était légitime. On aurait pu y joindre leur
sœur, fille du spirituel comte Louis de
N... Cette généalogie si divisée prouve,
du reste, les excellentes qualités du cœur
de mademoiselle C..., et le cas que chacun des hommes à qui elle avait donné un
enfant faisait des rapports qu'il avait eus
avec elle, puisque chacun d'eux voulut
que cet enfant portât le grand nom qu'il
portait lui-même, comme s'il était né en
légitime mariage. Chacun de ces enfants
occupe aujourd'hui une place honorable
dans la société, et l'un d'eux est un des of-

ficiers supérieurs les plus distingués de
l'armée.

Mademoiselle C... épousa fort jeune le
marquis de P..., qui était neveu d'un des
poëtes les plus à la mode de la fin du dix-
huitième siècle. Lorsque la Révolution
éclata, elle fut arrêtée et mise à la Force
avec son mari. A cette époque, il était bien
rare que l'on sortît de prison pour se rendre autre part qu'à l'échafaud. Mademoiselle C... devait donc s'attendre, ainsi que
le marquis de P..., à être exécutée un
jour ou l'autre. Dans cette terrible expectative, il eût été bien permis à une jeune
femme qui avait passé sa vie à être ado-
rée, au milieu du luxe et de toutes les
commodités qu'il procure ; il était, dis-je,
bien permis à cette jeune femme d'être
abattue et de se désespérer. Mais, comme
la généralité des victimes de la révolu-

tion, mademoiselle C... fit preuve d'un
grand courage. Elle se roidit contre le malheur, et loin de succomber sous la crainte
du supplice, elle se plut à le braver. Mes
lecteurs verront sans doute avec plaisir
un couplet qu'elle composa dans sa prison. Il est inédit, et je puis en garantir
l'authenticité, la source d'où il me vient
étant pour moi une autorité irrécusable.
Ce n'est pas un chef-d'œuvre de poésie;
mais la pensée est tout dans un morceau
de ce genre, et l'on pardonnera volontiers la négligence de la rime en faveur
des idées, qui ne manquent ni d'énergie
ni d'élévation.

Je vais monter sur l'échafaud ;
Eh bien ! c'est changer de théâtre.
Vous pouvez, citoyen bourreau,
M'assassiner, mais non m'abattre.

Ainsi finit la royauté,

La valeur, la grâce enfantine!

Le niveau de l'égalité,

C'est le fer de la guillotine!

Heureusement pour ses amis et pour les arts, mademoiselle C... ne passa point sous ce terrible niveau.

Le marquis de P... ne se montrait pas moins philosophe que sa femme[1]. Enfermé dans la même prison qu'elle, mais dans un autre corps de bâtiment, ils étaient entièrement séparés et ne pouvaient communiquer que par signes : la fenêtre de mademoiselle C... donnait sur la cour du corps de logis où était détenu le marquis. Un jour, M. de P..., apercevant sa femme à sa fenêtre, lui fit signe de tâcher de lui

[1] Je ne suis pas sûr que M. de P... fût déjà à cette époque le mari de mademoiselle C... cependant je le crois.

faire passer un couteau[1]. Quand mademoiselle C... eut compris ce que lui demandait M. de P..., elle fit un geste d'horreur, et lui fit signe qu'elle comprenait bien que c'était pour se tuer. M. de P... répondit au geste de sa femme par un geste d'indignation comique, et pour lui faire comprendre ce qu'il voulait faire du couteau tant désiré il disposa sa main gauche, par une pantomime très-adroite, comme une fourchette au bout de laquelle serait une volaille, et de la main droite il fit le geste de la dissection en l'air du poulet ou du perdreau. C'était en effet dans le but très-inoffensif de procéder au partage d'une volaille qu'il demandait l'arme homicide, fatigué qu'il était, ainsi que ses compagnons d'infortune, de démem-

[1] Il est probable que les femmes étaient soumises à des règlements moins rigoureux que les hommes, relativement aux instruments tranchants.

brer avec ses doigts les viandes qu'ils
se procuraient pour leur nourriture.

Le marquis de P... était d'un caractère
fort aimable et fort gai, bien différent en
cela de son oncle le poëte, qui, tout sucre
et tout miel dans ses vers, était dans l'habitude de la vie l'ours le plus mal léché
qui se pût rencontrer. Il vivait avec sa
servante; je ne sais si cette *serva padrona*
était son Éléonore, mais, Dieu me pardonne! je crois l'avoir entendu dire!
Quelle chute, bon Dieu!

Il avait des douleurs pour lesquelles on
lui avait ordonné de violents exercices
des bras. A cet effet, il avait fait arranger
dans son appartement une espèce de manivelle tournante, à l'aide de laquelle il
agitait son bras aussi fort qu'il le jugeait
convenable. Quand il arrivait chez lui
quelqu'un qui lui déplaisait, il se saisis-

sait de la bienheureuse mécanique et lui faisait faire des évolutions désespérées, jusqu'à ce que le fâcheux craignant pour le bout de son nez, ou saisi de papillons noirs, se résignât à faire retraite.

Par Dieu! en y réfléchissant, je trouve cette idée heureuse! j'ai justement certaine épaule droite hypothéquée par une chute de cheval : j'ai bonne envie de me faire construire une manivelle comme celle du poëte P... et d'en appliquer l'usage à faire évacuer ma chambre à quelques importuns qui en prennent quelquefois possession avec une persévérance digne de M. Sans-Gêne !

Revenons à mademoiselle C... Après les jours de tourmente de la révolution, elle reprit le cours de ses triomphes. Ceux qui l'ont vue savent avec quel charme elle jouait *le Misanthrope, Tartufe, le Vieux célibataire* et tant d'autres chefs-d'œuvre. Son salon devint, comme par le passé, le rendez-vous de ce qu'il y avait de mieux en hommes à Paris. On n'y trouvait que la bonne compagnie; à l'exception de Molé, Fleury, Talma, elle s'était imposé la règle de ne pas recevoir d'acteurs. Sa société se composait d'hommes du monde et de littérateurs : elle-même, d'un esprit des plus distingués, était l'âme de cette charmante réunion.

Parmi les hommes de lettres qui venaient habituellement chez mademoiselle C... ou plutôt chez la marquise de P..., on remarquait M. Alissan de Chazet, homme d'un esprit fin et d'une conversation des plus agréables. M. de Chazet est doué d'une mémoire prodigieuse, dont il donna un jour une preuve bien extraordinaire chez mademoiselle C...

Un jeune poëte, débutant dans la carrière, était venu lire à mademoiselle C... une pièce en cinq actes et en vers. La société était nombreuse. On prodigua au jeune auteur des éloges plus ou moins mérités.

M. de Chazet gardait le silence. Le jeune homme, qui savait qu'il était compétent dans la matière, s'avança vers lui, et lui demanda timidement si ses vers lui avaient déplu.

— Non, dit gravement M. de Chazet, mais il y a une chose qui me fait de la peine pour vous, et dont il faudra vous garder si vous voulez réussir.

— Puis-je savoir ce que c'est? dit le poëte.

— C'est, dit M. de Chazet en affectant quelque embarras, une trop grande propension à... l'imitation... et puisqu'il faut le dire, au pillage !

— Au pillage! s'écria le pauvre auteur consterné ; je vous jure, monsieur...

— Ne jurez pas, interrompit M. de Chazet, vous avez pris à un auteur peu connu, je le sais ; mais il y a des gens qui, comme moi, passent leur vie à bouquiner, et j'ai trouvé dans votre ouvrage plus d'un vers de connaissance.

— Le hasard, balbutia le jeune homme...

— Le hasard, dit M. de Chazet, fait rencontrer un hémistiche, un vers, à toute force un distique, mais non pas cinquante vers tout d'une haleine.

— Pour cela, s'écria le pauvre auteur fort de sa conscience, je suis sûr que vous ne me montrerez pas un pareil larcin dans mon ouvrage. J'accepte l'épreuve.

— Mon Dieu, dit M. de Chazet, il ne faut pas aller bien loin pour prouver que je n'avance rïën à la légère. Vous me mettez au défi, vous allez voir.

Et il prit le manuscrit qu'il passa à ma demoiselle C ..

— Tenez, madame, lui dit-il, c'est dans la quatrième scène du cinquième acte, la grande tirade de Damis à son fils. Veuillez suivre sur le manuscrit, je vais vous les réciter à l'instant même. Dieu merci, je les sais par cœur.

Et le voilà qui se met à réciter la tirade de Damis : il n'y manquait pas un mot. Le poëte était foudroyé. Tout le monde se regardait.

Enfin le jeune homme, pâle comme la mort, s'avança vers mademoiselle C...; ses lèvres tremblaient, il ne tenait pas sur ses jambes.

— Madame, dit-il d'une voix émue, je vous proteste...

— Mais votre pièce est très-remarquable, balbutia mademoiselle C... assez embarrassée.

— Comment donc ! s'écria M. de Chazet en prenant les deux mains du poëte qui ne comprenait rien à cet élan soudain, mais sans doute, c'est un ouvrage remarquable ! et quelle versification ! comme ces vers sont coulants et faciles ! si faciles, ajouta-t-il en se tournant vers l'auditoire, que j'en ai retenu tout de suite plus de cinquante que je viens de vous réciter !

Le pauvre jeune homme respira, et l'on rit beaucoup de l'effroi que lui avait causé la mémoire de M. de Chazet : il avait en effet retenu une tirade de cinquante à soixante vers qu'il entendait pour la première fois.

Mademoiselle C... avait une terre délicieuse à Ivry, près Paris. Là elle passait la belle saison au milieu de ses nombreux amis et de ses enfants. Elle idolâtrait sa fille, qu'elle avait eue de M. de N... Sans avoir la beauté de sa mère, elle avait hérité d'elle cette ravissante pureté de formes qui ne laissait rien à désirer, et son père lui avait transmis son esprit si fin et si charmant. On avait ordonné à la jeune fille de prendre des bains de rivière : pour qu'elle suivît l'ordonnance d'une façon agréable pour elle, mademoiselle C... imagina une espèce de lit de roseaux construit en manière de radeau. On trouva deux vigoureuses villageoises qui nageaient comme des poissons, et ces deux naïades de nouvelle espèce guidaient le radeau où était mollement couchée la jeune déesse du fleuve. Cela sent bien encore un peu ses *Lettres à Émilie;* mais si aujourd'hui

même quelque faune en bottes vernies et
en gants jaunes se trouvait tout à coup à
même de jouir, à travers les saules, du
spectacle de cette réminiscence mythologique, je doute qu'il regrettât l'heureuse
idée inspirée par la sollicitude maternelle.

Ses enfants, du reste, le lui rendaient
bien. Elle avait une fois manifesté le regret de n'avoir à Ivry que des orangers de
très-petite taille. Voilà M. de M..., l'un de
ses fils, qui se met en campagne, et qui,
pour la Saint-Louis, jour de la fête de sa
mère, trouve deux énormes orangers,
grands comme ceux de l'Orangerie de Versailles. On les charrie pendant la nuit
sous l'appartement de mademoiselle C...,
qui, en ouvrant sa fenêtre, se trouve face
à face avec ces deux colosses chargés d'un
million de fleurs. Et pour que le bouquet

fût complet, au tronc de chaque oranger était liée une magnifique vache suisse. M. de M... s'était souvenu que sa mère, parlant un jour de la Suisse, disait qu'elle aimerait à en avoir une couple dans la prairie qui bordait le château.

Rien n'est plus charmant que la manière dont une femme bien élevée, qui a de l'esprit, dit les choses les plus difficiles à dire. Mademoiselle C..., pour expliquer les motifs qui avaient fait renvoyer un domestique ivrogne, voleur et entaché d'un autre vice encore plus honteux, disait :

— Il était de là, — de là — et de là.

Et elle accompagnait le premier *de là* d'un gracieux geste de sa petite main blanche qui indiquait l'action de boire; au second, la petite main se tournait coquettement, et exprimait parfaitement l'action de voler; et quand arrivait le troisième, la main se ramenait finement, et de la manière la plus intelligible, vers une jolie manchette de dentelle. Madame de Sévigné n'aurait pas mieux fait.

Comme il me semble qu'il n'y a pas beaucoup plus d'inconvénient à passer d'un sujet à un autre dans le courant du même chapitre, que lorsque le chapitre se renouvelle, je vais, sans transition, prendre congé de mademoiselle C..., et vous raconter, lecteur, une anecdote qui ne tient à ce que vous venez de lire ni de près ni de loin. Ce qui veut dire que vous ayant dit sur mademoiselle C... tout ce que je savais ou tout ce que je voulais vous dire, je suis bien obligé de vous parler d'une autre personne.

Un préfet, du temps de l'Empire, étant à Paris, soit en congé, soit pour le service de son administration, remarqua, en se promenant aux Tuileries, une jeune personne charmante qui était toujours accompagnée d'une femme âgée. Ces deux femmes avaient le maintien le plus décent du monde. D'abord la jeune fille ne parut pas prendre garde aux assiduités du préfet; puis, quand elles devinrent trop marquées, elle essaya de s'y soustraire sans affectation; enfin, elle cessa de venir aux Tuileries. Le pauvre préfet, cependant, était devenu amoureux comme un fou de la jeune fille. Il se désespéra; puis, l'ayant rencontrée un soir dans une autre promenade, il la suivit en cachette, et parvint à savoir où elle demeurait.

M. le préfet avait un domestique qui se vantait d'être la perle des Frontins. Il le lâcha sur la proie qu'il convoitait; le grison fit à son maître un rapport assez peu rassurant : la jeune personne habitait avec sa grand'mère et ne recevait pas une âme. La tête du préfet était montée : il était riche; il songea à épouser.

Fixé sur le nom de la grand'mère et de la jeune fille, il écrit à la vieille et lui demande un rendez-vous pour une affaire de la plus haute importance. Le rendez-vous lui est accordé : il se présente, et, en termes clairs et nets, demande la main de mademoiselle Emma.

La vieille parut foudroyée : elle ne trouvait pas un mot à répondre à une pareille demande. Le bon préfet, qui ne comprenait rien à une telle réception, crut s'être mal expliqué.

— Madame, dit-il, m'auriez-vous mal compris? Mes intentions sont pures : je veux donner mon nom à mademoiselle votre petite-fille...

—Vous voulez épouser ma petite-fille, dit la vieille, et vous êtes préfet, monsieur?

Le préfet crut avoir affaire à une ultrà-royaliste. Cependant il ne pouvait ni dissimuler sa profession ni donner sa démission. Il regarda la vieille d'un air assez embarrassé.

— Oui, madame, dit-il enfin, j'ai eu l'honneur de vous le dire : je suis préfet du département de..., et j'ai trente mille livres de rentes qui ne doivent rien à personne. Si vous voulez bien agréer ma recherche, je mets ma fortune aux pieds de votre charmante petite-fille, à qui je serai heureux de consacrer ma vie.

La vieille paraissait s'être remise; elle s'excuse auprès du préfet, et l'ajourne au lendemain pour tout délai.

Le lendemain, quand le préfet arriva

chez la vieille, mademoiselle Emma était présente. Elle rougit très-convenablement, et après les compliments d'usage, l'heureux administrateur apprit que sa demande était agréée et qu'on l'épouserait quand il voudrait.

Notre bon préfet ne s'était, du reste, déterminé à une démarche aussi grave qu'après s'être bien consulté : il n'avait pas de parents. Maître d'une jolie fortune, il voyait son bonheur dans son union avec cette jeune fille si belle et si modeste ; il pensa qu'il jouerait un rôle de dupe en se privant de ce bonheur. Dès lors, son parti fut pris et il résolut de ne pas laisser traîner les choses en longueur.

Déjà les premiers bans étaient publiés : le préfet n'avait fait part de son projet à personne ; enfin, il allait se marier la semaine suivante, lorsqu'il reçut un matin l'invitation de se rendre au ministère de l'intérieur.

Il fut reçu par le ministre en personne.

— Vous savez sans doute ce que je vous veux, lui dit le ministre; j'ai de graves reproches à vous faire. Si je ne vous portais pas tout l'intérêt que je vous porte, je vous destituerais tout bonnement, et je ne sais pas même ce qui en arrivera si l'Empereur en est instruit. Est-ce que vous êtes fou?

— Moi, monseigneur? dit le pauvre préfet, stupéfait d'une pareille allocution.

— Sans doute, vous! Je sais à quoi m'en tenir. Qu'avez-vous fait de votre soirée avant-hier?

— J'ai été à l'Opéra, dit le préfet.

— Eh bien? dit le ministre en le regardant d'un air solennel.

— Eh bien, monseigneur? dit à son

tour le préfet, tenté de croire que c'était l'Excellence qui n'avait pas toute sa raison.

— Comment! dit le ministre, vous, dans votre position, préfet d'un des premiers départements de l'Empire, à la veille de vous marier, vous allez à l'Opéra, en loge découverte, avec qui, avec une fille!!!

L'Excellence couvrit son visage de ses deux mains, comme si elle eût voulu cacher la honte qu'elle éprouvait pour la pudeur préfectorale souillée en la personne de son interlocuteur.

Celui-ci d'abord pâlit et changea de visage : puis, se remettant, il sourit, et avec la confiance que donne une conscience pure :

— Monseigneur, dit-il, je puis affirmer à Votre Excellence qu'elle a été mal informée, et je puis lui en donner la preuve.

— Tenez, dit le ministre, je ne l'invente pas.

Et il lui tendit une note ainsi conçue : « M..., préfet de ... a été remarqué « hier à l'Opéra, où l'on jouait *OEdipe* et « *Psyché*, avec une fille nommée Emina, « qui se fait présentement appeler Emma « F... »

Le papier tomba des mains du préfet, et lui-même se fût laissé choir si le bureau du ministre ne lui eût donné son appui.

— Eh bien, reprit le ministre d'un air sévère, vous voyez que j'étais bien instruit ; c'est fort mal à vous d'avoir cherché à m'en imposer.

— Ah ! monseigneur, murmura le préfet, je suis un homme perdu.

— Eh non! s'écria le ministre qui aimait beaucoup cet administrateur et en faisait grand cas, — non; c'est bon, n'y revenez plus; l'Empereur ne le saura pas, je vous le passe pour cette fois-ci. Mais, de par tous les diables! n'y revenez pas.

— Je suis pénétré des bontés de Votre Excellence, dit le préfet d'une voix émue, mais elle ne sait pas... elle ne peut pas savoir...

— Quoi? dit le ministre qui avait quelque peine à s'empêcher de rire, tant le préfet avait l'air atterré.

— Cette femme... reprit le pauvre homme... il faut bien que Votre Excellence sache... pour ma justification...

— Je vous dis que je n'y pense plus, dit avec bonté le ministre; l'essentiel est que l'Empereur l'ignore, l'Empereur et une autre personne, ajouta-t-il en riant.

— Ah! monseigneur, murmura le préfet; écoutez-moi... Cette autre personne...

— Eh bien! dit le ministre, votre future? c'est bon; elle ne reçoit pas de rapports de la police, et ce n'est pas moi qui vous trahirai.

— C'est elle! monseigneur, dit le préfet d'une voix faible.

— Qui, elle? dit le ministre, qui ne comprenait rien à ce qu'il entendait.

— Cette Emma F... avec qui j'étais à l'Opéra, c'est elle que j'allais épouser! dit le préfet anéanti.

— Ah! mon Dieu! s'écria l'Excellence, partagée entre la stupéfaction où cette révélation la jetait et l'envie de rire que lui causait la figure comiquement tragique de l'administrateur.

Le préfet lui fit alors le récit de son aventure. Le ministre jugea qu'il était à propos de tirer la chose à clair. Il sonna, donna un ordre, et une heure après il reçut une note confirmative du fait énoncé par l'agent de police dans son rapport.

Voici ce que disait cette note :

La nommée Emma... avait exercé dès l'âge de quinze ans la prostitution dans une des principales maisons de débauche de Paris. A dix-sept ans, elle avait amassé quelque argent ; profondément et sincèrement dégoûtée de son état, elle l'avait abandonné, et vivait fort retirée avec une vieille femme qui était réellement sa grand'mère, et dont elle portait le nom de famille.

A ces détails étaient joints ceux qui concernaient le prochain mariage de mademoiselle Emma avec le préfet. Cette fille, ajoutait la note, va devenir la femme légitime de M..., préfet de...; les premiers bans sont publiés.

Le doute n'était plus possible. Le pauvre préfet obtint du ministre qu'il ne serait pas fait d'éclat; car celui-ci parlait de faire enfermer mademoiselle Emma. Il promit de rompre immédiatement, et sortit du ministère la mort dans le cœur, car il adorait cette fille.

Il rentra chez lui; il ne voulait pas faire de bruit; il imagina d'employer un moyen à l'aide duquel il se tirait de ce mauvais pas en galant homme : il acheta un exemplaire de *Jacques le fataliste,* mit le signet à l'histoire de madame de La Pommeraye, du marquis des Arcis et de la d'Aisnon, et l'envoya à mademoiselle Emma avec le billet suivant :

« Mademoiselle,

« Veuillez lire l'histoire que j'ai mar-
« quée dans cet ouvrage ; si le marquis
« des Arcis avait été averti avant son ma-
« riage, il eût agi comme moi, très-pro-
« bablement. Je ne vous en veux pas ;
« gardez comme un souvenir les baga-
« telles que j'ai été assez heureux pour
« vous offrir, et n'ayez pas de regret de
« n'avoir pas trompé un honnête homme.

« J'ai l'honneur d'être, etc., etc. »

Cette lettre envoyée, il se disposa à partir pour sa préfecture. Comme il allait
monter en voiture, on lui remit une lettre qui accompagnait un très-volumineux
paquet. Cette lettre était ainsi conçue :

« Monsieur,

« Je n'ai rien à vous dire, sinon que je

« suis pénétrée de reconnaissance pour
« l'indulgence que vous témoignez à mon
« égard, et que cependant je me croirais
« tout à fait indigne de cette indulgence
« si j'acceptais ce que vous voulez bien
« appeler des bagatelles. Je vous renvoie
« tout ce que vous aviez cru offrir à une
« femme qui devait être la vôtre. Si vous
« me pardonnez réellement les torts que
« j'ai été sur le point d'avoir envers vous,
« ne me faites pas l'injure de persister à
« me faire accepter des présents qui ne
« sont plus offerts à votre épouse. Ce se-
« rait trop cruellement me rappeler une
« détestable période de ma vie que je vou-
« drais en effacer avec mon sang.

« Je ne garde de tout ce que vous m'avez
« donné que le livre au moyen duquel
« vous m'avez appris que vous étiez in-
« struit de ce que j'étais. Je relirai cette

« touchante histoire, et en la lisant je bé-
« nirai le ciel, qui a permis que cette mé
« chante femme, en croyant faire le mal-
« heur d'un homme dont elle voulait se
« venger, ait, au contraire, travaillé pour
« son bonheur et pour celui de la mal-
« heureuse qui lui servit d'instrument.
« J'envierai bien souvent, peut-être, le
« sort de cette femme, qui fut assez heu-
« reuse pour laver à force d'amour la ta-
« che dont elle avait souillé sa jeunesse,
« et qui trouva la rédemption de son passé
« dans l'attachement de l'homme qu'elle
« avait trompé et qui était en droit de la
« haïr.

« Adieu, monsieur ; méprisez-moi, vous
« en avez le droit ; haïssez-moi, vous le
« devez ; mais ne me maudissez pas, car
« vos malédictions se rencontreraient avec
« les bénédictions que vous prodiguera

« mon cœur jusqu'à la mort, pour m'a-
« voir laissé entrevoir pendant quelques
« jours un bonheur qui n'est pas fait pour
« moi. »

Cette lettre émut singulièrement le
préfet. Il voulut revoir tous ces objets
qu'il avait donnés à Emma quand il la
croyait destinée à être sa femme ; elle n'a-
vait pas gardé un ruban. Cette inspection
ralluma dans son cœur une flamme mal
éteinte. Il renvoya les chevaux de poste,
passa une nuit des plus agitées, et le lendemain matin, en sortant de la mairie, où
il était allé contremander l'ordre donné la
veille de suspendre la publication des
bans de son mariage, il envoya sa démission au ministre de l'intérieur ; et, huit
jours après, Emma était sa femme devant
Dieu et devant les hommes.

Il n'y a jamais eu, depuis cette époque, la moindre chose à reprendre à la conduite de madame...

III.

Comment parler des boudoirs et des femmes de l'Empire, et passer sous silence une des plus célèbres? Combien la tâche que j'ai entreprise serait douce et facile, si toutes les femmes ressemblaient à celle

dont je vais m'occuper dans ce chapitre!
Le diable y perdrait quelques bonnes histoires; mais le cœur y gagnerait par la
peinture de la plus charmante des femmes, de la plus aimable maîtresse de maison, de la plus sincère des amies ; et l'é-
crivain échangerait volontiers le sentiment
pénible qu'il éprouve parfois en s'effor-
çant de déguiser sous des initiales réelles
ou simulées les noms des héros de ses
récits, contre le bonheur de n'avoir à tracer que les illustres noms des Staël, des
Montmorency, des Benjamin-Constant,
des Chateaubriand et des Ballanche. C'est
une bonne fortune pour l'explorateur de
ces annales impures, d'avoir le droit de se
reposer un instant dans l'oasis d'un boudoir, le plus célèbre de tous, et dans lequel cependant n'a jamais pénétré ce
mauvais air de corruption qui est comme

l'atmosphère obligée de tous les autres.
L'auteur, ensuite, aura peut-être bien
quelque peine à se replonger dans le cloaque
où il s'est engagé ; mais il aura la
double satisfaction d'avoir rendu un pur
hommage à la vérité, et d'avoir en même
temps obéi à son cœur en essayant de
peindre la femme charmante, de l'amitié
de laquelle il est si fier, et qui ne lui pardonnerait
pas de l'avoir mise en si méchante
compagnie si elle n'avait autant de
bienveillante indulgence qu'elle a eu de
beauté et qu'elle a d'esprit et de grâce.

Il y a peu de femmes qui aient eu une
réputation de beauté aussi européenne que
madame Récamier. A son entrée dans le
monde, elle fit sensation ; et pourtant on
était à une époque où l'on citait des beautés
comme madame Tallien et tant d'autres.
Le genre de beauté de madame Réca-

mier n'avait rien de commun avec celle de
ces femmes célèbres : ce qui la distinguait
principalement était la grâce la plus séduisante que l'on puisse imaginer. Elle était
sans doute fort belle, dans toute l'acception
du mot; mais elle était si jolie que l'on
oubliait qu'elle était belle, et si gracieuse,
qu'on l'eût trouvée ravissante, n'eût-elle
été ni belle ni jolie. Elle balança les succès de madame Tallien, et la faveur de la
mode la proclama son égale en beauté.
Combien il fallait qu'elle fût charmante,
pour que les petites fantaisies qui passaient
par sa jeune tête ne déparassent point son
gracieux visage! Quelle femme, si ce n'est
elle, eût osé se jeter sur la tête un morceau
de linon pour toute coiffure, et avoir assez
de confiance en ses charmes pour être sûre
de plaire avec ce bizarre ajustement ! Je
n'ai pas vu madame Récamier au temps

de l'éclat de sa beauté; mais jamais, depuis, je n'ai été tenté d'accuser d'exagération ceux qui en parlaient avec enthousiasme. Les personnes qui ont le bonheur de la connaître savent quel charme enchanteur a le son de sa voix, même encore aujourd'hui, quand les souffrances douloureuses auxquelles elle est en proie lui laissent un moment de répit et lui permettent de dire un de ces mots gracieux dont le cœur a seul le secret. En entendant le son de cette voix si sympathique et si gracieusement timbrée, j'ai conçu tout ce qu'il devait y avoir de désespoir dans l'âme des hommes qui l'avaient aimée et qui n'avaient pas eu le bonheur d'entendre cette douce voix leur dire : Je vous aime!

Avant d'avoir son bel hôtel de la rue du Mont-Blanc, madame Récamier habitait

rue du Mail, n. 3, où elle vivait fort simplement. Mais c'était surtout à Clichy-la-
Garenne qu'elle recevait. Une plume célèbre [1] a donné le tableau d'une fête dans
cette maison de campagne. Je ne veux ni
copier la description de l'habile écrivain,
ni rivaliser avec lui. Quelques portraits,
rapidement esquissés, me paraissent rem-
plir très-bien le but que je me propose [2].

Un des types caractéristiques du salon
de madame Récamier, c'est que, à toutes
les époques, les hommes des opinions les
plus opposées s'y sont rencontrés, et, ce

[1] M. H. de Latouche, dans son charmant roman de
Fragoletta.

[2] Quoique j'aie suivi assez exactement l'ordre des temps
en écrivant cet ouvrage, on trouvera dans ce chapitre des
passages relatifs à des hommes qui appartiennent à l'époque actuelle. Comme je n'aurai pas à écrire beaucoup de
chapitres dans le genre de celui-ci, j'ai cru pouvoir me
départir de la règle que je me suis imposée. Il vaut mieux,

qui n'est pas le moins étrange, toujours avec plaisir. C'est qu'il est des natures dont la mission est toute de douceur et de conciliation ; c'est que, devant certains êtres privilégiés, toutes les passions mauvaises, honteuses d'elles-mêmes, tendent à se cacher et à disparaître. Rien ne prouve plus en faveur des qualités personnelles d'une maîtresse de maison que le mélange permanent, dans son salon, des hommes les plus influents de la gauche et de la droite, et des coryphées des écoles ancienne et nouvelle en littérature.

du reste, anticiper sur le présent que revenir sur le passé ; et puis, cette petite licence est sans danger. La matière générale de ce livre est féconde ; ce ne sont pas quelques peintures toutes simples qui l'épuiseront, et l'on peut dire comme Molière dans l'*Impromptu de Versailles* : « Va, va, « marquis, Molière aura toujours plus de sujets qu'il n'en « voudra ; et tout ce qu'il a touché jusqu'ici n'est rien « que bagatelle au prix de ce qui reste. » La matière abonde, le talent seul fait défaut. Oh ! Molière ! où es-tu ?

Le nom de madame de Staël vient tout naturellement se placer sous ma plume en parlant de madame Récamier. Cette femme supérieure était unie à madame Récamier par les liens de la plus tendre amitié. Le génie de la force s'était senti invinciblement attiré par le génie de la douceur et de la grâce. Un des plus grands préjugés de ce monde, je crois l'avoir déjà remarqué, c'est d'admettre comme chose convenue qu'une femme bonne et belle doit être au moins très-ordinaire comme esprit. Peut-être n'est-ce qu'une tactique plus ou moins fine des sots, qui croient faire merveille en accaparant de leur bord une réputation toute faite et incontestée. Quoi qu'il en soit, la chose va son train, et il est généralement admis qu'une femme très-belle n'a pas le droit d'être en même temps une femme très-spirituelle.

Un sot, donc, qui se serait bien gardé de ne pas se conformer à cette belle doctrine, se trouva un jour à dîner entre les deux amies. Il crut avoir trouvé la pie au nid en disant à madame de Staël, avec un sourire qu'il dut faire tous ses efforts pour rendre gracieux :

— Je suis bien heureux, madame, du hasard qui me place entre l'esprit et la beauté !

— Ah ! monsieur, dit l'auteur de *Corinne*, je vous remercie de votre galanterie. Voilà la première fois que l'on me dit que je suis jolie.

Il était impossible de proclamer avec plus de finesse et d'à propos tout le cas que madame de Staël, à qui l'on ne contestera pas sans doute la compétence, faisait de l'esprit de madame Récamier. Du reste, cette consécration était inutile pour ceux qui la connaissaient; mais elle eut cela de bon qu'elle mit un terme aux inepties des gens qui, ne la connaissant pas, croyaient de bonne foi, par défiance peut-être de la perfection humaine, qu'on ne pouvait joindre un esprit supérieur à une si éclatante beauté.

Madame Récamier paya cher son attachement pour madame de Staël. Quand l'Empereur exila la fille de M. Necker, celle-ci se sentit prise d'une douloureuse tristesse dans sa solitude de Coppet; et, dans une de ses lettres à son amie, elle lui témoigna combien elle serait heureuse de la revoir. Son désir fut une loi pour le cœur d'or auquel elle s'adressait. En vain les conseils d'autres amis, qui étaient au courant de ce qui se passait en haut lieu, essayèrent de la retenir, la généreuse amie n'hésita pas; et, quelques jours après,

elle était sur les bords du lac de Genève,
consolant, par sa douce présence, l'illustre bannie, qui s'écriait dans son ennui :
« Une chambre au cinquième, rue Jean-
Pain-Mollet à Paris, plutôt que mon château dans l'exil! »

L'accomplissement des devoirs sacrés
de l'amitié fit une autre martyre de
madame Récamier. Elle aussi fut exilée
à cent lieues de Paris, comme madame de
Chevreuse le fut pour n'avoir pas voulu
servir de geôlière à la reine d'Espagne,
femme de Charles IV [1]; comme le fut ma
mère, deux mois après la mort de mon
père, sans que l'on sût pourquoi, sans
qu'il y eût même un prétexte d'invoqué.
Mais elle, du moins, se roidit contre cette
barbarie inintelligente : elle résista, et fit

[1] Madame la duchesse de Chevreuse est morte à Lyon
en exil en 1813.

bien, car il ne fut plus question de l'exiler [1].

Il est des natures qui n'ont que le courage de bien faire, et qui succombent, après, sous les conséquences qu'amène

[1] Je ne me souviens plus si ma mère a rapporté dans ses Mémoires le beau mot que le duc de Vicence dit à l'Empereur à son occasion Je ne puis résister au plaisir de le raconter. C'est un de ces mots qu'on ne saurait trop reproduire. Le lendemain du jour où ma mère, malgré la *lettre de cachet* dont elle était honorée, rentra dans son hôtel avec une dignité et un courage remarquables, l'Empereur dit, au petit lever, à M. le duc de Vicence, qui était un ami d'enfance de ma mère : Eh bien ! monsieur le duc, votre *petite sœur* (c'était un nom d'amitié que depuis leur enfance se donnaient ma mère et M. de Caulaincourt) votre petite sœur a une tête ! qu'en pensez-vous?

M. de Caulaincourt ne répondit rien d'abord; puis, pressé par l'Empereur de s'expliquer :

— Puisque Votre Majesté, dit-il, m'ordonne de lui dire mon avis, je lui dirai que si elle agit souvent ainsi, elle dégoûtera ses généraux de lui laisser des veuves.

Il n'y a pas deux mots pour apprécier une telle réponse: elle est sublime.

l'accomplissement du devoir, plutôt que d'établir une lutte avec le bras qui les frappe. Madame Récamier, qui avait su mériter l'exil, n'eut pas la force de braver l'orage. Elle céda, et fut obligée, pour ne pas mourir à la peine, de se réfugier sous le soleil de l'Italie. Quand on songe à ce châtiment imposé au dévouement, ce n'est pas sans se sentir les yeux mouillés de larmes que l'on contemple ces deux chefs-d'œuvre de Gérard, *Corinne au cap Misène,* et le portrait de madame de Staël, qui sont dans la chambre à coucher et le salon de madame Récamier.

Auprès du portrait de madame de Staël est celui d'un homme, célèbre surtout par ses vertus et son noble caractère, et qui fut un des plus chers amis de madame Récamier. Toutes les personnes qui ont été chez elle ont déjà nommé Mathieu de

Montmorency. M. de Montmorency a été
bien diversement apprécié. Des esprits
étroits, et peut-être incapables de comprendre de nobles sentiments, lui ont re-
proché sa conduite dans la fameuse nuit
du 4 août. En présence de cette action du
plus illustre gentilhomme français, il me
paraît difficile, si l'on est de bonne foi,
quelle que soit la manière dont on pense,
royaliste, constitutionnel ou démocrate,
d'éprouver autre chose que de l'admiration. Était-ce un sacrifice? L'affirmative
est incontestable. Qui peut donc diminuer
le mérite d'un sacrifice? Le cas où il est
fait dans un motif d'ambition, et, ici, on
ne pourrait faire un pareil reproche à
Mathieu de Montmorency, ou bien le cas
où ce que l'on sacrifie est regardé par celui qui accomplit le sacrifice comme une
chose sans valeur. Mais, aux yeux de celui

qui s'honorait du nom de premier baron chrétien, ces titres ne pouvaient être devenus vils et sans prix. Un ardent enthousiasme, un violent désir de montrer à la nation que l'on voulait affranchir que rien ne coûterait pour arriver à ce noble but, voilà ce qui me paraît avoir dicté la conduite de Mathieu de Montmorency dans la nuit du 4 août. Que cette démarche ait été utile ou inopportune, convenable ou blâmable en elle-même, ce n'est point ici la question. Je tiens seulement pour très-honorable l'action d'un homme d'honneur qui, obéissant à sa conscience, pratique hautement, sans balancer, le *fais ce que dois, advienne que pourra*. Plus tard, M. de Montmorency a fait une sorte d'amende honorable de la nuit du 4 août : il ne faut point se hâter de prononcer sur les actes de pareils hommes. Comme au 4 août, mon opinion est qu'alors encore Mathieu de Montmorency ne fit que ce que lui dicta sa conscience. De quel droit viendrait-on porter la fausse lumière des préjugés dans la conscience de l'homme de bien ? Hélas! n'est-ce pas que dans ce temps d'indifférentisme et d'orgueil on n'accepte qu'avec peine certains actes de loyauté et l'aveu simple et sincère d'une erreur, qui coûte si peu aux gens de bien !

Madame Récamier voyait aussi beaucoup Adrien de Montmorency, qui, sous la Restauration, reprit ses titres et était prince de Montmorency, duc de Laval. C'était le meilleur des hommes. Un vice de parole ¹, sa vue basse lui donnaient parfois un air embarrassé que bien des gens ont exagéré dans l'appréciation qu'ils

¹ Le duc de Laval était légèrement bègue.

faisaient de lui. Sans être un homme supérieur, M. le duc de Laval était loin de manquer de mérite. Il portait au suprême degré l'honneur chevaleresque et la probité. Il fut chargé de missions diplomatiques dans les plus grandes cours de l'Europe, à Madrid, à Rome, à Vienne, à Londres. Partout il fut estimé et aimé comme il méritait de l'être. Quoique j'aie eu l'honneur de servir dans la diplomatie sous ses ordres, je ne crains pas cependant que l'on m'accuse de partialité à son égard ; et parce qu'il a été pour moi plein de bonté et d'indulgence (j'en avais souvent besoin), je ne crois pas qu'il me soit défendu de rendre justice à sa mémoire.

En exemple de cette fusion que j'ai signalée comme un signe distinctif du salon de madame Récamier, à côté de ces grands noms nobiliaires des Montmorency vient se placer le grand nom parlementaire de Benjamin-Constant. J'étais bien jeune encore quand mourut l'illustre tribun ; mais que de fois les souvenirs de ceux qui l'avaient connu sont venus le faire revivre pour moi ! Que de fois, au milieu d'une conversation animée chez madame Récamier, m'est-il arrivé de me tourner vers la place où ma pensée le rêvait, et d'évoquer son ombre pour l'interroger et lui demander son avis sur la question qui s'agitait ! Souvent aussi, pendant une causerie plus intime, sur des matières moins élevées peut-être, mais plus intéressantes après tout, j'ai regretté que l'auteur d'*Adolphe* manquât à ces conversations charmantes. Avec quelle religieuse attention j'aurais écouté le grand ecrivain, fouillant les abîmes de ce cœur humain qui lui était si bien connu, et laissant échapper

une de ces pages brillantes, comme tant
de fois dans sa vie il sut en tracer pour
peindre son âme! Quelle bonne fortune
d'entendre cet esprit supérieur, dégagé de
l'affectation de la tribune, dévoiler les
secrets de cette éloquence du cœur qu'il
possédait si bien, et laisser voir tout ce
qu'il y avait de sensibilité et de finesse au
fond de cette merveilleuse nature d'orateur! « *Adolphe,* ce chef-d'œuvre de style
« et de sensibilité, me disait quelqu'un
« dont je crois le témoignage, est bien
« loin de ce que Benjamin-Constant était
« capable de faire dans ce genre. Les lettres
« les plus sublimes de la *Nouvelle Héloïse*
« sont pâles auprès de celles qu'il pouvait
« écrire; et si jamais il a mis son cœur
« dans ces lignes de feu qui sont un si
« puissant moyen de séduction, vertueuse
« est la femme qui a pu les lire sans suc-

« comber ! » Cette femme existe, et elle a droit à l'hommage que lui décerne la personne qui me parlait ainsi, car elle a reçu de Dieu une âme de flamme, capable d'apprécier et de comprendre l'amour qui se montrait à elle avec tous ces trésors de sublime éloquence.

Benjamin-Constant était un des plus anciens amis de madame Récamier. S'il se trouvait parfois chez elle avec des hommes d'une opinion tout à fait opposée à la sienne, il s'y rencontrait aussi avec des personnes qui lui étaient plus sympathiques. Tel dut être M. Fox, qui, lorsqu'il vint en France en 1800, venait très-souvent chez la charmante châtelaine de Clichy.

Lucien Bonaparte était aussi un de ses habitués. On a beaucoup parlé de l'admiration de Lucien pour madame Récamier. Je crois sans peine que la beauté de madame Récamier avait fait impression sur l'âme ardente du jeune frère de Napoléon, et qu'il en fut fort amoureux. Il ne fut pas le seul, pauvre papillon, qui vint brûler ses ailes à cet attrayant flambeau !

Les papillons les plus dorés n'échappèrent pas au charme qu'exerçait cette *enchanteresse sans le vouloir*. Le prince Henri de Prusse fut passionnément épris de madame Récamier, et, comme Lucien, comme les autres, il perdit son temps et ses peines. C'était, en vérité, fort mal à elle d'être belle à la barbe des gens, et de laisser ces pauvres diables en être pour leurs soupirs ; et il faut convenir qu'il y avait bien de quoi lui attirer au moins la mauvaise humeur de tant de belles personnes qui ne savaient pas être belles de cette façon-là !

Le prince de Prusse obtint cependant la

faveur de posséder le portrait de la charmante femme qu'il aimait. C'est que l'excellent cœur de madame Récamier avait apprécié toute la noblesse de celui du prince; à la place d'un amour qu'elle ne pouvait lui accorder, elle lui avait offert une précieuse amitié que le prince avait sincèrement acceptée, et l'amitié n'est pas prude.

Rien, d'ailleurs, ne peut mettre mieux à même de juger la nature des rapports de madame Récamier avec les hommes de son entourage, que la connaissance de ceux qu'elle eut avec l'un des hommes qui étaient des plus avant dans son intimité. Je veux parler de mon père, sur le compte duquel on ne me contestera pas l'exactitude de mes renseignements. Mon père a été fort lié avec madame Récamier, et, pour ceux qui auraient besoin de preuves

relativement à l'innocence de leurs relations, je ne voudrais leur en donner que
l'étroite amitié qui unissait madame Récamier et ma mère. On se plaît à parler
de ceux que l'on aime, et ma mère fut
précisément la confidente de la tendresse
de mon père pour madame Récamier.
Présent, elle était le sujet de leurs conversations; absent, il n'écrivait pas une
lettre à ma mère sans l'entretenir de Julie
(c'est le nom de baptême de madame Récamier). J'ai lu et relu ces lettres : partout
c'est la même pureté de sentiments, et
certes il est d'autres personnes dont mon
père, qui était l'honneur même, n'avait
garde de parler à sa femme. Enfin, jusqu'à la fin de la vie de ma mère, son amie
la plus dévouée, la plus sincère a été madame Récamier. Je demande pardon à
madame Récamier de tous ces détails :

près des honnêtes gens et des gens d'esprit, sa réputation n'a pas besoin qu'on la défende ; mais, malgré son charmant optimisme, qui fait qu'elle n'a jamais dit de mal de personne et qui la porte à tout excuser, je la défierais de soutenir la thèse qu'il n'y a, en ce monde, que des personnes bonnes et spirituelles.

Ce fut, je crois, chez madame Récamier que mon père fit une réponse charmante à un homme de l'ancien régime qui avait quelque peu persiflé la noblesse créée par Napoléon.

— Sans doute, dit mon père, nous n'avons pas d'ancêtres illustres ; mais nous, nous sommes des aïeux [1].

---

[1] Madame de Staël, dans son ouvrage si remarquable sur la Révolution (*Considérations sur la Révolution Française*, 2ᵉ partie, ch. IX), a cité le mot sans en nommer l'auteur, et en l'altérant un peu. « *Nous sommes ce qu'é-*

Je me suis servi de ce mot pour compléter ce que nous tenons de mon père, c'est-à-dire nos armes. Nous n'avions pas de devise : j'ai cru pouvoir m'emparer du beau mot de mon père, et j'ai essayé de le traduire en latin héraldique le moins mal possible. Mon cachet porte pour devise ces trois mots :

— ET NOS AVI.

Les bornes de cet ouvrage ne me permettant pas d'entrer dans des détails sur tous les personnages connus qui se rencontraient chez madame Récamier, il me faudra renoncer à peindre le général Moreau, cet homme de génie qui s'est fait une si triste célébrité ; le vaillant et chevaleres-

---

« taient vos aïeux, » disait un brave général français à un noble de l'ancien régime. Le mot a été dit comme je le rapporte, et j'avoue que je l'aime mieux ainsi ; il me paraît avoir plus d'énergie.

que Eugène Beauharnais, qui se rattachait au temps passé par sa naissance, et par l'adoption de l'Empereur à la nouvelle époque ; le savant astronome Lalande ; le spirituel Vigée ; l'excentrique duchesse de Gordon, qui avait juré que ses quatre filles seraient duchesses, et qui tint son serment ; le fastueux et aimable Ouvrard, qui semblait destiné à faire revivre les anciens princes de la finance, comme les Beaujon, les Bourrette, les La Popelinière ; Garat et ses romances et son air si comique d'*incroyable ;* Gérard, l'auteur du beau tableau de *Corinne au cap Misène,* causeur et observateur aussi fin que peintre éminent ; madame de Krudner, l'apôtre du Nord, avec ses longs cheveux blonds et sa longue taille. Je ne ferais, du reste, que répéter ce qui a été dit tant de fois et bien mieux par des gens qui ont vécu à cette époque. On me saura donc gré de ma sobriété.

Mais dans un temps plus rapproché, des hommes nouveaux ont paru, sur lesquels on n'a pas encore beaucoup écrit, et dont il est impossible de ne pas s'occuper à propos de la société de madame Récamier. Sous la Restauration, le petit salon de l'Abbaye-aux-Bois (qui par son exiguïté pouvait réclamer le titre de boudoir) a été le rendez-vous de tous les esprits élevés. Au premier rang il faut placer M. de Chateaubriand.

M. de Chateaubriand est l'ami intime de madame Récamier. C'est là que ce grand esprit vient oublier l'injustice des cours, l'ingratitude des rois, les jugements erronés de la foule, et se retremper chaque jour par une causerie douce et tranquille. A lui ne conviennent pas le tumulte

des grandes réunions, les succès de salon:
qu'en ferait-il? C'est dans la journée qu'il
consacre à son amie deux ou trois heures.
Parfois il laisse vibrer la corde poétique
que Dieu à mise dans son âme, et alors,
heureux les élus appelés à jouir de cette
merveilleuse parole! Les plus belles pages
du *Génie du Christianisme* et des *Martyrs*
ont de magnifiques et splendides échos.
C'est l'imprévu de l'harmonie des harpes
éoliennes s'agitant soudain sous le souffle
du vent, plus la savante et puissante mise
en œuvre du maître. Ce lumineux esprit,
qui a été mêlé à toutes les affaires politi-
ques de l'Europe depuis le commencement
de ce siècle, juge de haut, et avec cette
ampleur qui est le cachet du génie. Ceux
qui l'écoutent sont fiers quand ils ont le
bonheur d'être de son avis; et quand leurs
principes ne leur permettent pas de voir

comme l'éminent orateur, ils se prennent à avoir honte de n'être pas du parti d'une si haute éloquence.

Parfois le génie se repose. On voit quelquefois, chez madame Récamier, M. de Chateaubriand passer deux heures dans le silence ; alors il n'est donné à l'observateur que de contempler cette tête si expressive ; les traces que les années, les affaires, les chagrins (ils ne lui ont pas manqué) ont imprimées sur ce front majestueux ; cet œil si doux et si vif tout à la fois, qui révèle l'auteur d'*Atala* et de *René* aussi bien que le chantre inspiré des *Martyrs* et l'écrivain nerveux à qui nous devons de si belle pages d'histoire.

Madame Récamier est un aimant qui attire le génie dans son atmosphère. On regarde communément comme un bonheur réel de pouvoir se flatter d'avoir un ami véritable; à plus forte raison si cet ami est un de ces êtres privilégiés de Dieu, qui excitent l'admiration du monde. Madame Récamier peut se vanter d'avoir eu et d'avoir encore de nombreux amis, et, dans le nombre, combien de noms illustres! Madame de Staël, Benjamin-Constant, Chateaubriand, Ballanche! M. Ballanche est aussi le fidèle de madame Récamier. Grand philosophe, grand écrivain, il est en même temps le meilleur et le plus modeste des hommes. C'est tout au plus si M. Ballanche ne croit pas qu'on a été trop loin en lui donnant une décoration et en lui ouvrant les portes de l'Académie. La modestie de M. Ballanche est si simple, si naturelle, qu'on ose à peine le contrarier en lui affirmant qu'il se trompe, et qu'il est tout bonnement un très-grand homme. Il n'y a qu'une chose pour laquelle M. Ballanche n'est pas modeste : c'est son attachement pour madame Récamier; il s'en fait gloire, et il a raison. Mais comme cet excellent homme ne peut se vanter de rien sans restriction, il a bien soin d'ajouter que c'est une chose toute naturelle, et cette fois il a raison encore.

Dans cette nouvelle période, le salon de madame Récamier a reçu la plupart des hommes placés aujourd'hui dans une position éminente. M. le duc de Broglie, le gendre de madame de Staël ; M. Guizot et quelques autres, y ont fondé les premiers la secte politique que l'on désigne sous le nom de *doctrinaire*, et à qui son origine a fait donner, dans un temps (plus ou moins improprement) le surnom de *doctrine du canapé*. M. Guizot est, pour tout le monde, quelles que soient les opinions que l'on professe, une très-grande figure politique. Il m'est interdit, et par le plan même de cet ouvrage, et par la règle invariable que je me suis imposée, d'examiner directement ou indirectement la valeur de ses actes. Mais rien ne me paraît plus simple que de signaler les traits distinctifs de son individualité : ainsi, je crois que je serai d'accord avec tous les gens sensés en reconnaissant à M. Guizot une haute intelligence générale, les qualités les plus éminentes de l'orateur, un style plein de gravité et de noblesse, et, en dehors de ces qualités intellectuelles, une probité en matière de richesses qui est devenue proverbiale, et qui a donné lieu à une ingénieuse alliance de mots d'un de ses adversaires, qui l'a appelé un *austère intrigant*.

Le souvenir de M. Guizot amène tout

naturellement celui de M. Thiers, qui venait également chez madame Récamier. Dès le temps où, simple historien, auteur d'un livre qui n'était pas encore apprécié à sa juste valeur, il n'était que rédacteur du *Constitutionnel*, aujourd'hui son organe officiel, M. Thiers brillait déjà par cette vivacité d'esprit, cette facilité d'élocution, ce coloris, cet imprévu qui caractérisent son éloquence, et qui rendaient sa conversation si séduisante. Peut-être sous cette pétulance méridionale n'eût-on pas deviné l'homme d'État ; mais on n'eût osé nier qu'il fût possible, tant l'impossible paraissait inadmissible en présence d'une nature si vivace, si entreprenante ; et si quelqu'un a eu la vue assez longue, il y a quinze ans, pour soupçonner dans le journaliste un homme d'État appelé aux plus grandes choses, celui-là a dû se glorifier de sa perspicacité.

Qui n'a-t-on pas vu chez madame Récamier, parmi ceux qui ont un nom dans quelque position que ce puisse être? Isabey, avec ses charges si comiques; David (d'Angers), l'illustre sculpteur de notre époque[1], grand cœur, excellent citoyen

---

[1] Qu'il me soit permis de rendre ici un hommage public au beau talent de M. David, et de lui exprimer, autant qu'il est en mon pouvoir, la reconnaissance que je lui ai vouée ainsi que tous les miens, pour son admirable monument élevé sur la tombe de ma mère. Lorsqu'une souscription s'ouvrit pour l'érection de ce monument, M. David souscrivit pour la mise en œuvre; noble et digne offrande du grand artiste! Le génie n'a point fait défaut au cœur; l'œuvre est digne du grand nom de David.

Puisque je parle de ce monument, je saisis avec empressement l'occasion de réparer une erreur. Notre ami Victor Hugo a consacré à la mémoire de ma mère une des plus touchantes pièces de vers des *Voix intérieures*. Il a tonné en poète et en Français contre la parcimonie qui a refusé un coin de terre pour y déposer la cendre de ma

autant qu'éminent artiste; M. Saint-Marc-Girardin, esprit fin et profond, qui vient de grossir les rangs de la littérature nouvelle à l'Académie; M. Ampère, le fils du célèbre mathématicien, à qui l'on pardonne de grand cœur, en faveur de ce qu'il sait si bien dire, de ne pas savoir *intégrer,* comme le lui reprochait naïvement son père; M. Charles Lenormand,

mère. Mais, trompé par un rapport erroné, Victor Hugo a enveloppé dans sa colère le ministre de l'intérieur comme ayant refusé le marbre nécessaire pour le monument. Le fait est inexact. Le marbre n'avait pas été demandé, et dès que M. Cavé a reçu la demande de la commission chargée de régler la souscription, les marbres ont été mis à la disposition de M. David. Le ministre de l'intérieur et M. le directeur des Beaux-Arts ont droit à cette réparation et à notre reconnaissance. Ils auraient pu, après tout, ne pas accorder ce que la ville de Paris s'est cru en droit de refuser à celle qui a été près de dix ans gouvernante de Paris, la veuve d'un des hommes dont la France s'honore le plus : que sur ceux-là seulement retombent les vers du poëte.

VI.   8

le, savant bibliothécaire, qui est le neveu de madame Récamier ; le bon et spirituel M. de Humboldt, qui ne vient jamais à Paris sans visiter l'Abbaye-aux-Bois ; notre ami Balzac, dont l'étincelante conversation captive et attache autant que si l'on lisait *Eugénie Grandet*. Que sais-je ? Tout ce qu'il y a de noble, de célèbre, d'illustre, c'est chez madame Récamier qu'on le trouve : c'est chez elle que nous avons entendu le *Moïse* de M. de Chateaubriand, et les plus jolis vers de madame de Girardin, alors mademoiselle Delphine Gay.

Sans doute on sera surpris de trouver dans ce livre ce chapitre, qui semble un hors-d'œuvre par sa nature même. Sans doute quelques personnes qui n'aiment pas à entendre louer tout ce qui est louable, crieront à la partialité, à l'enthousiasme. Pour de l'enthousiasme, je ne

m'en défends pas ; malheur à qui connaî-
trait la femme supérieure que j'ai essayé
de peindre dans ces pages si peu dignes
d'elle, et n'éprouverait pas un enthousiasme véritable pour la bonté de son
cœur, les grâces de son esprit, le charme
inexprimable de sa personne et ses dou-
ces vertus! Pour avoir le droit de dire à
tant d'autres femmes : Voilà quelles vous
êtes, honte à vous! il faut bien que j'aie
le droit de dire : Voilà quelle est celle que
le monde honore, et qui, à tous égards,
a droit aux hommages et à l'admiration
de tous.

IV.

Allons, ferme, mon cœur; point de faiblesse humaine !

Il ne faut pas laisser croire à nos lecteurs que le terrain a manqué sous nos
pieds, ou que l'auteur a manqué d'haleine.
Pas le moins du monde : le petit hors-

d'œuvre que l'on vient de vous servir n'a-
vait d'autre but que celui très-avouable
de rendre un faible hommage à une personne que j'aime et que j'honore ; mais la
carrière que je me suis engagé à fournir
est ouverte devant moi plus belle que
jamais ; le terrain est uni et droit, l'haleine est bonne, la jambe sûre, et, Dieu
aidant, nous arriverons au bout sans désormais changer d'allure. Cette profession
de foi faite, — et, je me permettrai de le
faire remarquer pour obtenir merci en
haut lieu, quelque peu dans la langue
du *sport*, — Laissez aller !

Une très-jolie femme de la cour impé-
périale dont il a déjà été question, et que,
cette fois, je ne désignerai par aucune
initiale, transparente ou déguisée, fut
l'héroïne d'une aventure assez piquante
dont on rit beaucoup à cette époque, et

dans laquelle son mari n'eut pas les rieurs
pour lui, comme dans l'anecdote que j'ai
rapportée plus haut.

Cette charmante comtesse, — elle était
comtesse, — aimait passionnément les
belles choses. Elle avait surtout un goût
très-décidé pour le très-beau linge. Elle
avait fait faire à mademoiselle Minette une
douzaine de magnifiques chemises qui
étaient de véritables chefs-d'œuvre dans
le genre. On n'avait pas encore, à cette
époque, inventé la *spécialité* pour cet *ar-
ticle,* comme disent les ingénieux puffistes
de nos jours. Bref, les chemises de la belle
comtesse étaient dignes de leur desti-
nation.

La comtesse, qui avait des liaisons avec
tout ce qu'il y avait de mieux placé dans
la haute société, daignait parfois déroger
en faveur de la roture. Il advint qu'elle

eut des bontés pour un jeune avocat, à qui elle faisait de temps en temps de pe- ites visites plus ou moins prolongées.

Un jour qu'elle avait passé toute une après-midi chez l'heureux avocat, il se trouva, au moment où la comtesse se met- tait en devoir de rajuster sa toilette, quel- que peu dérangée par l'animation de la conversation, qu'un des chefs-d'œuvre de mademoiselle Minette, dont elle s'était pa- rée à l'intention de son amant, était dans un si piteux état, que la pauvre comtesse eut honte de rendre sa femme de cham- bre confidente de son peu d'ordre. Le moyen d'expliquer, en effet, les nombreu- ses lacérations subies par la fragile dentelle d'Angleterre et la fine batiste qui compo- saient le mystérieux vêtement? On déchire une robe au premier objet venu; on fait un accroc à un châle en descendant de voiture ou en y montant; mais la partie du vêtement de la comtesse qui avait si outrageusement souffert est par sa nature à l'abri de semblables accidents. Faire disparaître le corps du délit était le seul parti à prendre. Ce fut celui auquel on s'arrêta. L'avocat ne fit qu'un saut de son logis au magasin d'une lingère bien assortie, rapporta une très-belle chemise qui fut substituée au chef-d'œuvre lacéré, et la comtesse n'eut plus qu'à trouver le moyen qu'elle emploierait pour faire une scène à sa camériste sur la substitution qui serait attribuée à l'audace d'une innocente blanchisseuse.

L'avocat, qui avait lu son Dorat et son Parny, jura qu'il garderait éternellement ce gage de son bonheur, et que, pendant l'absence de celle qu'il aimait, il se consolerait en couvrant de ses baisers le trophée qui lui rappellerait une si douce victoire.

Tout était donc arrangé pour le mieux. La comtesse s'en tira dans son intérieur comme une femme avisée s'en tire toujours, et elle en fut quitte pour faire compléter sa douzaine par l'habile Minette, ce qui était la moindre des choses.

Mais ce traître d'avocat était vicieux comme un grand seigneur. Non content des faveurs d'une comtesse, laquelle était, par parenthèse, merveilleusement belle, maître avocat était, en outre, l'amant de cœur d'une figurante de l'Opéra, médiocrement jolie, mais à qui la beauté de ses formes avait fait une sorte de réputation dans le monde libertin.

Un jour donc que ce Lovelace de la basoche avait chez lui mademoiselle Lodoïska, Léonie, ou comme il vous plaira, celle-ci se mit à fureter partout, comme c'est assez l'habitude de ces demoiselles, et la voilà qui tombe sur la bienheureuse chemise.

—Ah! mon Dieu! s'écria-t-elle, qu'est-ce que cela? Vous avez chez vous des chemises de femme!

—Moi! fit l'avocat pris au trébuchet, pas du tout!

—Comment, pas du tout? Voulez-vous me faire le plaisir de me dire ce que c'est que ceci?

Et elle dépliait la chemise en regardant l'avocat avec colère.

— C'est une chemise..., fit celui-ci tout embarrassé, que... qui...

—Que... qui... qu'une femme a laissée chez vous. Vous êtes un monstre! Vous ne me reverrez de votre vie!

Soit que la comtesse commençât à se

lasser de sa liaison avec le bel avocat et que celui-ci s'en fût aperçu, soit qu'il tînt réellement à mademoiselle Lodoïska, — va pour Lodoïska ! — il se précipita entre elle et la porte, et s'opposa à la retraite qu'elle méditait.

— Lodoïska, lui dit-il, je vous jure que vous vous trompez.

— Comment, je me trompe ! dit la danseuse ; ne vas-tu pas me faire croire que c'est un bonnet de coton ?

— C'est une chemise que vous auriez pu voir ici depuis que vous y venez : elle me vient de ma sœur, qui est morte il y a plus de dix ans.

— Allons donc ! dit Lodoïska ; on garde une bague, des cheveux de sa sœur ; on ne garde pas une chemise, et une chemise déchirée, encore. Quel diable de métier a-t-on fait avec ce meuble-là ? Si ce n'est pas un meurtre! De la batiste à vingt francs l'aune, et de l'Angleterre! Ah! mon Dieu! qu'elle est belle!

— Lodoiska, dit l'avocat, pour vous prouver que ce n'est pas ce que vous croyez, si vous voulez, je vais la jeter au feu en votre présence.

— Au feu, cela? — pas du tout! pas du tout! s'écria Lodoïska, chez qui se réveillaient les appétits de la courtisane. Donne-moi cela. Que ce soit ce que cela voudra, je m'en empare. Il n'y a rien de plus facile à réparer que tous ces accrocs. Je veux bien te pardonner, Charles; mais j'emporte ce chiffon.

Maître Charles aurait mieux aimé l'anéantissement de la malencontreuse chemise; mais il céda, et mademoiselle Lodoïska ne sortit que beaucoup plus tard, emportant en triomphe le gage que l'on

avait promis de conserver toujours. La
danseuse avait été ravie de trouver le chiffon, comme elle l'appelait, marqué d'une
seule lettre en broderie, qui se trouvait
être un L, initiale de son nom de baptême.

Lorsque les comtesses et les danseuses
ont des faibles pour les avocats, il n'est
pas défendu aux comtes d'en avoir pour
les danseuses. Un soir que le comte, mari
de notre comtesse, était à l'Opéra, il lui
arriva d'arrêter sa lorgnette sur une des
figurantes. Il fut frappé de la beauté de
ses formes, et d'un certain air agaçant qui
semblait promettre ce que l'on recherche
volontiers près des femmes de ce genre.
Le comte eut envie de la danseuse : il en
parla le lendemain à une femme adroite à
qui il avait recours en pareille occasion,
fit son prix en homme rangé qu'il était, et,

le jour suivant, la figurante l'attendait à souper chez elle.

Quoique rangé, le comte faisait bien les choses. La danseuse, très-satisfaite des conditions du marché, voulut faire à son convive les honneurs de ses plus beaux atours ; et comme la circonstance ne comportait pas une grande complication d'ajustements, la bonne fille, qui n'était autre que mademoiselle Lodoïska, n'imagina rien de mieux que d'arborer la fameuse chemise, laquelle avait été habilement *rafistolée*, et qu'elle gardait pour les bons jours.

Lodoïska était amusante : le comte fit un souper fort gai. La conversation qui suivit le souper ne l'enchanta pas moins que le repas lui-même, et il se félicitait de tout son cœur de la trouvaille qu'il avait faite.

Tout en se félicitant, le comte se livrait à un examen assez détaillé des causes de son contentement. Cette inspection n'eut pas lieu sans que, tout naturellement, les diverses parties de la belle chemise vinssent frapper ses regards. D'abord il se frotta les yeux, puis il ne lui fut plus possible de douter; seulement il ne comprenait pas. Il savait bien qu'il existait une douzaine de chemises identiquement pareilles à celle qu'il voyait; il savait bien quelle personne en était propriétaire, et il était positivement sûr que celle qu'il avait sous les yeux était une des douze ou faite à son image; mais son esprit ne pouvait saisir la relation qui pouvait exister entre les onze chemises d'une part, et la douzième de l'autre. Il s'y perdait.

— Vous regardez ma chemise, lui dit Lodoïska avec une expression de naïf orgueil très-divertissante ; — je crois bien !

—Je ne comprends pas, dit le comte.

—Vous ne comprenez pas? dit la danseuse piquée ; et quoi donc?

—Ce chiffre?

— C'est le mien ; un L : ne m'appelé-je pas Lodoïska? (La danseuse, comme je l'ai dit, s'appelait Lodoïska, ou Louise, ou Lucile : le fait est qu'elle marquait d'un L.)

—Oui, fit le comte, se parlant à lui-même ; mais...

—Mais quoi?

— Je ne comprends pas, répéta le comte très-sérieusement.

En effet, qu'un mari trouve dans les mains de n'importe qui un mouchoir, une bague, tout ce que l'on voudra, qui appartient à sa femme, il a le droit de croire ce qu'il voudra ; il a le droit ou de se fâcher en pensant, comme Othello, que c'est un don d'amour, ou de ne pas se fâcher, comme aurait pu le faire ce même Othello, s'il croit que cet objet a été perdu ; mais un mari qui trouve la chemise de sa femme sur le dos d'une fille d'Opéra, c'est à s'y perdre. Aussi le comte ne comprenait pas

Tout à coup Lodoïska, qui avait bu un peu de vin de Champagne à souper, fit entendre un grand éclat de rire, ce qui ne fit qu'intriguer le comte de plus en plus.

Quand il vit que l'accès de gaîté de la danseuse était un peu calmé, il lui demanda de quoi elle riait de si bon cœur.

— C'est l'histoire de ma chemise, lui dit-elle en riant toujours ; je crois bien que vous ne comprenez pas !

Le comte sentit qu'il s'enfonçait dans le labyrinthe. Il attendit qu'il plût à Lodoïska de l'en tirer.

—Vous me raconterez cette histoire, dit-il timidement à la danseuse.

—Ma foi, dit celle-ci, je le veux bien : d'autant plus que Charles commence à m'ennuyer.

—Qu'est-ce que c'est que Charles ?

—Charles P..., un avocat, un grand brun, un coureur.

Le comte ouvrit de grands yeux : l'avocat P... venait souvent chez lui, comme cela se comprend de reste.

— Imaginez-vous, continua Lodoïska, qu'il y a six mois, j'arrive un beau jour chez Charles, et qu'en ouvrant ses tiroirs je trouve... quoi ? cette chemise-là !

— Cette chemise ? dit le comte, de plus en plus stupéfait.

—Il ne faut pas croire, continua la figurante, qui une fois lancée ne s'arrêtait pas facilement, il ne faut pas croire qu'elle était comme vous la voyez! Ah! bien, oui! c'était une vraie loque! déchirée des pieds à la tête! Il a voulu me faire croire que cela lui venait de sa grand'mère ou de sa sœur, est-ce que je sais? Mais, bah! ce n'est pas à moi que l'on conte de pareilles baliver- nes. J'ai confisqué l'objet; je l'ai fait *rafis- toler*, cela m'a coûté les yeux de la tête; mais je puis dire que j'ai quelque chose de beau, et qu'il n'y en a pas de plus belles dans tout Paris.

Le comte aurait pu certifier qu'il y en avait d'aussi belles à lui connues : il ne jugea pas à propos de contester à made- moiselle Lodoïska la suprématie de sa che- mise. Le récit qu'il venait d'entendre ne lui laissait plus de doute. L'avocat P... était à ajouter sur une liste déjà assez nom- breuse. Le comte ne s'en affligea pas au- trement. Une seule chose lui fit de la peine : ce fut de voir que la comtesse se compromettait avec si peu de précautions. Il ne fit rien paraître de ce qui se passait en lui, et continua l'examen que l'intervention de la chemise avait interrompu.

Le lendemain en descendant l'escalier, une réflexion lui vint ; il remonta.

— Mon enfant, dit-il à Lodoïska, voulez-vous me céder votre belle chemise ? je vous en donnerai un bon prix.

— Ah çà ! dit la danseuse en riant, qu'est-ce que cette diable de chemise a donc de si attrayant, que tous les hommes veulent en faire des reliques ?

Le comte sourit.

— Mais, continua Lodoïska d'un air aussi fier que si elle refusait une couronne pour prix de son honneur, ma chemise n'est pas à vendre ; je n'en suis pas là, Dieu merci !

— Vous ne me comprenez pas, dit le comte ; j'ai envie de ce que je vous demande ; j'y mettrai un prix tel, que vous pourrez en avoir de plus belles...

—De plus belles ! s'écria la danseuse en interrompant le pauvre comte, on vous en souhaite !

Le comte sourit de nouveau.

— Mademoiselle, dit-il, voilà vingt-cinq napoléons ; ils sont à vous si vous voulez me céder ce que je désire.

Lodoïska était une fille d'ordre ; elle réfléchit que, si belle que fût sa chemise, elle ne valait pas cinq cents francs. Elle se mit donc en devoir de livrer au comte ce qu'il souhaitait. Mais, par un instinct de pudeur que les femmes les plus dissolues conservent presque toujours dans une circonstance donnée, elle s'arrêta et dit au comte :

— Veuillez la faire prendre demain.

Le lendemain, le comte était nanti de la fameuse chemise. Il se frotta les mains ; car voici la réflexion qui lui était venue, tandis qu'il descendait l'escalier de mademoiselle Lodoïska :

— Aujourd'hui moi, demain un autre ; si cet autre... allait reconnaître comme moi !...

En effet, la chose était très-possible.

Voulez-vous savoir la moralité que certaines femmes savent tirer de toutes choses ? Il y a quelques jours, une femme qui est liée avec la comtesse me dit :

— Est-ce que vous raconterez les histoires de la comtesse ?

— Pourquoi pas ! je raconterai bien les vôtres.

— L'histoire de M...?

— L'histoire de M....

— Et l'histoire des chemises?

— Et l'histoire des chemises.

— Et savez-vous quelle est la **moralité** que l'on tirera de l'histoire des chemises?

— Il y en a plusieurs.

— Voyons la vôtre.

— D'abord, le plus ou moins d'à-propos qu'il y a à avoir de si belles chemises, première moralité ; puis, qu'il ne faut pas laisser de pareilles choses chez son amant, seconde moralité ; quant à celle qui conclurait qu'il ne faut pas avoir d'amant, je n'en parle pas, vous m'enverriez promener.

— Vous n'y êtes pas ! La vraie moralité de la chose est que, lorsque l'on a de ces belles nippes et qu'on veut les faire voir à son amant, il ne faut pas les faire voir à son mari.

Je m'inclinai. Toute l'astuce féminine

est dans cette analyse. Soyez donc en garde contre de la diplomatie de cette force !

A propos de diplomatie, la femme qui m'a dit ce mot mémorable verra que je ne perds pas de temps pour lui prouver que je ne m'avançais pas à tort en lui disant que je raconterais les histoires qui la concernent personnellement. En voici une où la diplomatie joue un grand rôle, et dont elle est l'héroïne.

La vicomtesse de B... (c'est elle-même) avait eu des relations avec un personnage que des fonctions diplomatiques avaient amené à Paris. Ils s'étaient quittés dans les meilleurs termes, quand le devoir avait imposé au diplomate l'obligation de s'éloigner, et celui-ci avait assuré la vicomtesse, en lui disant adieu, qu'il restait pour toujours à son service pour tout ce qui dépendrait de lui. La vicomtesse avait apprécié cette politesse à sa juste valeur, ne voyant guère à quoi pouvait être bon un homme qui s'en allait à quelques centaines de lieues.

Au diplomate avait succédé un auditeur au conseil d'État, assez agréable, mais que la vicomtesse n'avait pris qu'en attendant mieux. Il y avait cependant trois grands mois que les choses duraient, et elle n'avait pas encore songé à se défaire de l'auditeur, lorsqu'un jour, celui-ci, qui, sans doute, n'avait pas non plus une passion bien profonde dans le cœur, arriva chez sa maîtresse, et lui apprit d'un air assez dégagé qu'il allait partir pour la cour de Russie, chargé de dépêches, et il ajouta avec un petit sourire ironique, que si sa belle amie avait quelque commission pour le comte..., il était prêt à s'en charger. Madame de B... reçut avec beaucoup de calme la nouvelle de la perte qu'elle allait faire, remercia l'auditeur de son attention, et lui souhaita un bon voyage. Il allait sortir, lorsque soudain une idée, très-lumineuse sans doute, passa par la tête de la vicomtesse, car elle rappela le voyageur, lui dit qu'elle se souvenait en effet qu'elle avait quelque chose à mander au comte, et se mit à écrire, non sans laisser errer sur ses lèvres un sourire qui révélait une pensée plus ou moins malicieuse. La lettre cachetée, elle la remit à l'auditeur au conseil d'État, le remercia de la peine qu'il voulait bien prendre, lui recommanda sa lettre et, dès qu'il fut parti, laissa échapper un violent éclat de rire qu'elle avait contenu en sa présence.

On ne parlait depuis deux mois que d'un jeune Russe qui venait de faire son entrée dans le monde à la cour de Moscou, et qui, disait-on, faisait tourner toutes les têtes. Depuis le départ du diplomate, et pendant le règne assez précaire de l'auditeur au conseil d'État, la vicomtesse avait souvent regretté que cette merveille n'eût pas accompagné le comte dans son voyage à Paris. En entendant parler de Moscou, l'idée assez étrange lui vint de se faire envoyer le beau Moscovite aux frais de Sa Majesté l'empereur de toutes les Russies. Il y avait en ce moment de grands pourparlers entre Napoléon et le czar, les courriers extraordinaires se succédaient; la vicomtesse ne rêvait donc pas une chimère. Quoi qu'il en soit, elle avait écrit à son fidèle diplomate une lettre ainsi conçue :

« Vous m'avez dit que vous étiez tout « à mon service. Donnez-m'en la preuve.

« On nous étourdit ici du mérite du jeune
« prince W.... Je serais bien aise d'en ju-
« ger par moi-même. Mais vous compre-
« nez que je ne puis ni ne veux faire le
« voyage de votre pays de glace pour me
« passer cette fantaisie. C'est donc à vous
« que je m'adresse. Il n'est pas que vous
« n'ayez à envoyer quelque dépêche à Pa-
« ris. Rien ne me semble plus facile, si
« vous êtes un ami véritable, que d'en
« charger ce phénix de la Moscovie. Il
« doit vous gêner quelque peu dans vos
« affaires; envoyez-le-moi, laissez-lui le
« temps de respirer un peu, et je verrai
« par-là que vous ne m'avez point trom-
« pée, en me protestant, à votre départ,
« que vous restiez le plus dévoué de mes
« amis.

« Je vais vous payer à l'avance du ser-
« vice que je vous demande, en vous fai-

« sant rire de ce qui me fait rire à l'heure
« où je vous écris. Savez-vous bien ce
« qu'est l'homme qui vous porte cette let-
« tre? Il est pour moi ce que vous étiez,
« et ce que vous seriez encore si vous ne
« m'aviez pas quittée. Vous comprenez.
« je n'en dis pas davantage, car j'éclaterais
« de rire, et il est là.

« Adieu donc , envoyez-moi ce petit
« prince, soyez aimable pour ce pauvre
« d'A... (vous voyez que je pense à tout le
« monde), et ne gardez pas un mauvais
« souvenir de notre cher Paris , pour le-
« quel, s'il m'en souvient, vous aviez un
« grand fonds de tendresse. »

On peut s'imaginer quelle fut la surprise du comte... en lisant cette singulière épître. Lorsqu'il rencontra le soir
M. d'A... dans le monde, il fut pris d'un

fou-rire que la bienséance le força à dissimuler par une prompte retraite.

Le lendemain, il pria le jeune prince de
passer à son hôtel. Madame de B... ne s'é-
tait pas trompée. Le comte, qui était assez
coureur d'aventures, aimait autant que le
prince W... fût à Paris qu'à Moscou. Cependant ils étaient tous deux en d'aussi
bons termes que peuvent y être un homme
de l'âge et de l'importance du comte... et
un jeune homme qui entrait dans le
monde, comme le prince W...

— Mon cher prince, dit le diplomate en
souriant à l'Adonis de Moscou, vous serait-
il désagréable de voir Paris?

— Pour le moment, dit le prince, qui
avait sans doute en tête quelque amou-
rette, ce n'est pas ce que je désire le plus.

— Mais s'il le fallait pour le service de
Sa Majesté?

— Votre Excellence sait bien que je suis esclave de mon devoir.

—C'est fort bien : dans deux heures veuillez vous tenir prêt; vous partirez porteur de dépêches. Du reste, vous allez faire plutôt un voyage d'agrément qu'une course diplomatique. Une fois à Paris, ne vous gênez pas; à moins d'un cas de guerre, vous pouvez y rester tout à votre aise. A votre âge, on aime à voir le monde, et à s'y faire voir, ajouta gracieusement le courtisan; vous ne reviendrez porteur de dépêches que quand cela vous plaira. Les ordres seront donnés en conséquence. Je prendrai la liberté de vous charger, si vous le voulez bien, d'une petite commission pour une femme de ma connaissance, la vicomtesse de B.... Prenez garde, mon cher prince, la vicomtesse est bien jolie, et vous aimez terriblement les jolies femmes ; n'arrivez pas trop en conquérant, ce ne serait pas généreux.

Le prince promit d'être sage comme il convenait à la mission dont il était chargé, présuma bien que l'amitié du comte et de la vicomtesse n'était pas du plus pur platonisme, et pour se venger de l'espèce d'exil dont on l'honorait sans crier gare, il jura qu'il prendrait sa revanche sur les amours du diplomate, ne se doutant guère que c'était sur un appel fait à un ancien amant par cette femme, sur laquelle il jetait son dévolu de séducteur, qu'il allait être ainsi envoyé franc de port du fond de la Russie au milieu de notre bruyante et joyeuse capitale.

La vicomtesse, qui s'était monté la tête, comptait les jours, les heures, les instants. Enfin, sa joie fut grande quand un jour à son lever sa femme de chambre lui remit

un petit billet exhalant une forte odeur
de ce bon cuir de Russie, qui n'est vraiment bon que quand il vient de Russie. Ce
petit billet contenait ces mots :

« Le prince W..., arrivé cette nuit de
« Moscou, a l'honneur de présenter ses
« respectueux hommages à madame la vi-
« comtesse de B..., et de la prier de vou-
« loir bien lui indiquer quand elle pourra
« lui faire l'honneur de le recevoir. Le
« prince W... est porteur d'une lettre
« du comte... pour madame la vicomtesse
« de B... »

La vicomtesse, comme on le pense bien,
ne fit pas attendre le prince. Elle lui fit
dire qu'elle le recevrait le jour même.

Mais quel ne fut point le désappointe-
ment de la pauvre femme quand, au lieu du
charmant prince qu'elle avait rêvé, elle vit
devant elle un grand jeune homme aux

cheveux blonds bouclés, s'écoutant parler, se regardant dans la glace à tous les dix mots qu'il prononçait; enfin un belâtre fade comme de la crème fouettée. Elle crut tomber des tours de Notre-Dame; l'accueil qu'elle fit au prince fut très-poli, mais très-froid; elle reçut avec pas mal de hauteur les mots un peu significatifs que, dès cette première entrevue, il s'était permis de hasarder. La pauvre femme en était pour ses frais.

Le lendemain elle écrivit au comte la lettre suivante:

« Mon cher comte,

« On ne pouvait pas mieux répondre à
« l'indiscrète demande que je vous avais
« faite, qu'en m'envoyant ce que je vous
« demandais. Vous avez été sévère, il fal-
« lait être généreux. En pareil cas, on re-

« fuse : je ne vous aurais pas accusé de
« mauvais vouloir; et, dans tous les cas,
« je vous en aurais moins voulu d'un refus
« qui eût pu me faire croire à un mouve-
« ment de jalousie dont je n'eusse peut-être
« pas été fâchée, que de l'idée offensante
« que vous avez eue que je pouvais m'ar-
« ranger de la carafe d'orgeat que vous
« m'avez expédiée. »

Cette lettre fut portée au comte par le prince lui-même, que les bruits de guerre forcèrent à partir subitement.

V.

Deux heures venaient de sonner à toutes les horloges de la ville de Lyon[1]. Le

[1] Tous les détails de l'étrange histoire que l'on va lire
sont positivement vrais : des considérations, que l'on com-
prendra sans peine, nous ont empêché de la raconter dans
toute sa nudité, même sous le voile des initiales. Ne pou-
vant cependant nous résoudre à en priver nos lecteurs,
nous avons pris le parti de la donner sous la forme de *Nouvelle*. Si elle tombe entre les mains de personnes qui peu

silence régnait dans cette grande et tumul-
tueuse cité. La lune, qui avait d'abord
semblé promettre une belle nuit, venait
de se cacher sous un épais rideau de nua-
ges noirs. Par intervalles, cependant, quelque coup de vent du nord-ouest venait
entr'ouvrir les plis de ce sombre manteau,
et la lueur fugitive de l'astre de la nuit
éclatait sur les rampes de fer qui serpen-
tent le long de la façade intérieure de
l'hôtel de Milan, situé sur la place des
Terreaux. Le corridor qui mène aux appartements de ce corps de logis est placé
en dehors, abrité par le corridor supérieur, et entouré d'une galerie en fer
forgé, d'un effet très-pittoresque.

La porte d'un des appartements du se-

vent avoir quelque intérêt à ce qu'elle ne soit pas divul-
guée, nous espérons qu'elles nous sauront gré de notre
réticence.

cond étage était entr'ouverte, et, de temps
en temps, un homme, qui paraissait en
proie à une vive agitation, en sortait et
parcourait le corridor à grands pas. Puis
il s'arrêtait, s'appuyait sur la rampe, prê-
tait attentivement l'oreille, et disait avec
impatience à quelqu'un qui était dans l'intérieur de l'appartement :

— Rien ! rien encore ! vous vous serez
trompé !

Enfin ce personnage s'arrêta et s'ac-
couda sur la galerie de fer. Il avait vu, à
l'une des croisées du premier étage du
corps de logis antérieur, briller la clarté
d'une bougie. Son agitation parut redou-
bler. Après quelques minutes d'observation inquiète, il se tourna vers la porte de
l'appartement duquel il était sorti, et dit
à voix basse, mais avec un accent impérieux :

— Martin ! venez ! venez vite !

Un homme à cheveux blancs parut sur la galerie, et son compagnon lui montra, d'un geste significatif, la lumière qui errait dans l'appartement du premier.

Après un silence consacré sans doute à s'orienter dans une maison qui lui était inconnue, l'homme que l'on avait appelé Martin, dit :

— C'est là !

— Que se passe-t-il ? dit son interlocuteur en lui prenant la main et en la lui serrant convulsivement ?

— Peut-être, dit Martin, *est-on* arrivé !

— Non, dit l'autre, voilà plus d'une heure que j'écoute. J'aurais entendu ; personne, depuis minuit, n'est entré dans l'hôtel.

— Je n'y comprends rien, dit Martin.

— Peut-être ont-ils eu vent de quelque

chose. Martin, je vais descendre! ils ne m'échapperont pas.

— Calmez-vous, monsieur, de grâce! ce que vous craignez est impossible. Ils vous croient à Paris, et nul autre au monde que vous et moi ne connaît la démarche que j'ai faite en votre nom dans la soirée.

— C'est vrai, dit le plus jeune des deux hommes; mais, à une pareille heure, l'agitation qui règne dans cet appartement ne saurait être attribuée qu'à la crainte d'être surpris et à des préparatifs...

Comme il parlait encore, on frappa violemment à la porte de l'hôtel. La porte s'ouvrit, et dans le silence de la nuit on entendit distinctement un bruit de crosses de fusils résonner sur le pavé du vestibule.

— M. Raoul, dit Martin, entendez-vous?

Un rayon de lune, échappé en ce moment au voile de nuées qui obscurcissaient le ciel, laissa voir à Martin les yeux de Raoul qui brillaient comme un éclair, et, sur sa bouche, un féroce et radieux sourire.

— C'est bien, dit-il en serrant les dents, c'est bien, tu ne m'as pas trahi !

Martin le regarda stupéfait.

— A qui donc vous fiez-vous, M. Raoul, lui dit-il d'une voix émue, si vous ne vous fiez pas à moi ?

— A personne, mon vieil ami, à personne, pas à moi-même, tant que ma vengeance ne sera pas complète.

Au moment où l'on avait frappé à la porte de l'hôtel et où le bruit des armes avait retenti sous la haute voûte de l'escalier, Raoul avait vu s'éteindre la bougie qui l'avait si fort intrigué quelques minutes auparavant.

Les nouveaux venus durent au préalable s'adresser aux maîtres de la maison. Le procureur du roi (car c'était lui, dûment et suffisamment accompagné) ne tarda pas à se faire reconnaître, et le maître de l'hôtel se mit en devoir de l'accompagner dans la recherche qu'il venait faire.

Raoul avait rapidement mis en ordre sa toilette un peu dérangée, et, au moment où le magistrat sortait de l'appartement du maître de l'hôtel, disant à celui-ci :

— D'après ce que vous me dites, ces personnes doivent être celles que je cherche.

Raoul se présentait à lui, la pâleur sur le visage, et lui disait d'une voix altérée par une violente émotion :

— Je vais vous guider, monsieur, veuillez me suivre.

Le procureur du roi et le maître de l'hôtel s'arrêtèrent.

— A qui ai-je l'honneur de parler, monsieur, dit le magistrat.

Raoul, pour toute réponse, tira de sa poche un papier plié en quatre et le lui présenta.

Le procureur du roi eut à peine jeté la vue sur ce papier, que se tournant vers Raoul :

— Je suis à vos ordres, dit-il, monsieur le.....

Un regard significatif de Raoul l'empêcha d'achever la phrase. Raoul prit un flambeau :

— Vous pouvez rentrer, monsieur, dit-il au maître de l'hôtel.

Celui-ci regarda le procureur du roi qui d'un geste confirma ce qu'avait dit l'étranger.

Raoul devenait livide ; sa main, qui tenait le flambeau, commençait à trembler d'une manière violente. Il semblait cloué à la place où il s'était arrêté.

— Je suis prêt à vous suivre, lui dit le procureur du roi.

Ces petits incidents avaient pris environ cinq minutes ; quand on arriva à l'appartement à travers les croisées duquel Raoul avait vu de la lumière, tous s'arrêtèrent sur un signe de l'étranger ; lui, retenant sa respiration, écoutait attentivement.

Un morne silence régnait dans l'hôtel, tout à coup, un bruit pareil à celui d'un carreau qui se brise, retentit au fond de l'appartement, Raoul tressaillit. Ses joues livides devinrent rouges comme le feu.

— Monsieur, s'écria-t-il, faites enfoncer cette porte ; ceux que vous cherchez

vous échappent. Vous le savez, monsieur,
l'ordre est précis, n'hésitez-pas. J'en ren-
drais compte en haut lieu.

Le commissaire de police qui accompagnait le procureur du roi le regarda
comme pour lui demander ce qu'il fallait
faire. Le procureur du roi, qui, à ce qu'il
paraît, devait se mettre aux ordres de
Raoul, cria aux soldats :

— Jetez bas cette porte avec les crosses
de vos fusils.

En moins de deux minutes cet ordre un
peu singulier fut exécuté, et les soldats,
sur les pas de Raoul et des deux magistrats, se précipitèrent dans l'appartement.

Cet appartement se composait d'un salon et d'une chambre à coucher ; la porte
de cette dernière pièce était fermée. Sur
un geste de Raoul, les soldats la traitèrent
comme la porte d'entrée.

Raoul, qui depuis le commencement de cette perquisition avait constamment dirigé toutes les opérations, précédant le commissaire de police et le procureur du roi, entra le premier dans la chambre et poussa un cri de rage en la trouvant déserte.

— Que la foudre vous écrase! dit le bouillant jeune homme, sans songer qu'il parlait à un magistrat dans l'exercice de ses fonctions; ce sont vos formalités qui ont fait tout le mal; le nid est vide; les oiseaux sont dénichés.

— Calmez-vous, de grâce, monsieur, dit le commissaire de police à qui l'habitude de pareilles expéditions donnait un merveilleux tact pour découvrir du premier coup d'œil le fort et le faible de l'ennemi. — Il n'y a qu'un escalier, et j'ai, de mon chef, laissé quatre hommes à la grande porte.

— A la bonne heure, dit Raou un peu confus de sa première vivacité ; mais où sont-ils, eux ?

— C'est ce que nous saurons avant peu, lui dit le procureur du roi ; mais au nom du ciel, soyez maître de vous.

— Voilà le carreau que nous avons entendu briser, dit le commissaire de police ; nous ne pouvons tarder à être sur leurs traces.

— Bénard ! ajouta-t-il en élevant la voix.

Deux hommes que Raoul n'avait pas encore remarqués s'avancèrent. Leurs formes étaient à la fois athlétiques et grêles ; c'était un singulier mélange de ruse et de force brutale. Leurs yeux, pareils à ceux du chat-tigre, roulaient in-

cessamment dans leur orbite et semblaient embrasser toute la circonférence
qui les environnait ; leurs larges mains
annonçaient la vigueur, sans qu'il fût cependant possible de méconnaître en elles
les symptômes de l'adresse la plus dé-
liée. Le commissaire de police leur
montra la fenêtre sans dire un mot, et fit
signe à Raoul de ne pas les troubler.

Celui que le commissaire avait nommé
Bénard, examina la croisée qui était ouverte, et dont le second carreau était
cassé. Il jeta un coup d'œil rapide sur la
galerie et dans la chambre, et dit sans hé-
siter au commissaire :

— Ils ne sont pas descendus, ils sont
montés ; le carreau qui est le second a été
cassé en dehors.

En effet, il n'y avait que de rares éclats

sur la galerie, et le parquet était jonché
de verre brisé.

— Ils sont montés, dit le commissaire,
comment?

— Comme on monte, dit Bénard d'un
air de supériorité très-peu modeste, avec
une échelle ou une corde... ou un drap,
ajouta-t-il après une demi-minute de réflexion.

Il alla vers le lit, les deux draps y
étaient.

— Quand vous avez frappé, dit Raoul
qui n'y tenait plus, ils étaient ici, j'ai vu
éteindre la lumière.

— Alors, dit Bénard avec l'aplomb
d'un homme qui lit dans un livre un fait
avéré et incontesté, on leur a prêté la
main d'en haut avec n'importe quoi, et
ils ont cassé le carreau par un coup de

maladresse, en se balançant : c'est un drap ou une corde.

En ce moment un nouveau personnage parut dans l'appartement : c'était Martin.

Raoul courut à lui :

— Martin, dit-il, les as-tu vus?

— Oui, dit le vieillard, ils sont là. Et il montrait le plafond.

— Ah! fit Raoul.

— Puisque je vous l'avais dit, s'écria Bénard d'un air triomphant.

— J'en reviens à ce que disait monsieur le commissaire de police, dit Raoul en s'adressant à Martin comme si celui-ci eût assisté à ce qui avait été dit et fait depuis leur entrée dans cette chambre, comment sont-ils montés là haut sans aide?

— Ils ont eu un aide, dit le vieillard

d'une voix si basse, que Raoul seul put
l'entendre.

— Et qui donc, s'écria le jeune homme?

— Je n'ai pu reconnaître personne,
mais est-ce que vous ne le devinez pas?
continua Martin toujours à voix basse.

— Ah! s'écria Raoul en accompagnant
ce cri de douleur d'un effroyable blas-
phème, et en se laissant tomber sur un
siége, le visage dans ses deux mains.

Ce court entretien avait lieu pendant
que le procureur du roi et le commissaire
de police semblaient se concerter sur ce
qu'il y avait à faire. Enfin, le procureur
du roi s'approcha de l'étranger et lui dit :

— Nous n'avons qu'à monter au second, je pense.

Raoul, sans prononcer un mot, le regarda stupidement, et lui fit signe d'attendre.

Le procureur du roi, par un autre signe, fit entendre au commissaire de police qui ne paraissait rien comprendre à ce qui se passait, qu'un ordre émané de très-haut le mettait à la disposition de cet homme.

Raoul se leva, parcourant l'appartement à grands pas comme un homme qui hésite à prendre un parti. Enfin, il s'écria en se frappant le front :

— La lutte est engagée; que l'enfer me dévore si je recule d'un seul pas.

Puis se tournant vers les magistrats :

— Marchons, messieurs, leur dit-il.

En prononçant ces deux mots, ses joues devinrent successivement pâles et rouges, et ses dents claquaient comme s'il eût été en proie à un violent accès de fièvre.

On monta à l'étage supérieur. Au moment où l'on s'arrêta sur le palier, le procureur du roi se tourna vers Raoul, et lui dit en lui montrant Martin :

— Cet homme est à vous, monsieur ?

— Oui, fit Raoul impatient ; à quoi bon cette question ?...

— C'est que, dit le procureur du roi visiblement blessé de la manière dont le traitait l'étranger, on ne peut pas aller violer le domicile d'une personne non suspecte sur la foi du premier venu.

Raoul fronça le sourcil.

— Monsieur, dit-il au magistrat, je prends sur moi la responsabilité de tout ceci ; c'est moi qui vous affirme que ceux que vous cherchez en vertu d'un mandat impérieux sont dans cet appartement, faites votre devoir.

Le magistrat ne répondit pas ; seulement il se tourna vers le commissaire de police, et lui dit d'un ton évidemment offensé :

— Allons, monsieur, finissons-en.

Le commissaire de police imprima à la sonnette un coup violent; personne ne répondit. Il fit frapper à la porte avec la crosse du fusil d'un des soldats, en accompagnant cette action des mots sacramentels :

— Ouvrez au nom du roi.

— Faites passer deux hommes sur la galerie extérieure, dit Raoul.

Cet ordre fut exécuté.

Quand le bruit des crosses des factionnaires improvisés par Raoul résonna sur le plancher de la galerie, on entendit presque immédiatement deux portes s'ouvrir dans l'intérieur de l'appartement, et, bientôt après, la clé tourna rapidement dans la serrure de la porte du carré qui fut ouverte par une femme brune d'une trentaine d'années, d'une admirable beauté, et dont les traits étaient contractés par une émotion visible.

A la vue de cette femme, Raoul, par un mouvement rapide, se réfugia derrière un des voltigeurs qui composaient le détachement.

La belle personne jeta un coup d'œil sur le groupe pressé à sa porte, parut soulagée d'un grand poids en ne voyant pas une figure qu'elle semblait chercher et en même temps redouter, reprit un peu d'assurance, et s'adressant au procureur du roi, lui dit du ton d'une femme habituée à être traitée avec respect :

— Que veut dire ceci, monsieur? et que signifie ce scandale chez moi, qui ne puis avoir rien de commun avec de pareilles scènes?

— Madame, lui répondit le magistrat, je ne sais à quel titre vous pouvez vous trouver mêlée à tout ceci ; mais je crois être sûr que vous cachez chez vous deux personnes dont j'ai ordre de m'assurer. Ce mandat m'autorise à les rechercher en quelque lieu qu'elles puissent se trouver. Je suis forcé de vous prier de me permettre d'accomplir mon devoir.

— Je ne sais ce que vous demandez, répondit-elle ; cependant, à vous, monsieur, qui, je pense, êtes magistrat, je puis vous dire qui je suis ; peut-être cela suffira-t-il pour dissiper vos soupçons ?

— Je suis obligé, madame, dit le magistrat, d'exécuter les ordres supérieurs que j'ai reçus. Je dois ajouter que j'ai la certitude que les personnes que je cherche sont dans votre appartement.

— Enfin, monsieur, dit la jeune femme,

tentant un dernier effort, vous ne pouvez me traiter comme la première venue : voilà mon passeport ; voyez à qui vous parlez.

Le procureur du roi ne put se dispenser de prendre le passeport ; à peine y eut-il jeté les yeux, qu'il fit un mouvement de surprise, et se tourna vers Raoul comme pour lui demander ce qu'il devait faire.

Ce mouvement n'échappa point à la jeune dame. Ses yeux suivirent la même direction que ceux du magistrat, et à travers le groupe de soldats qui se pressaient entre elle et Raoul, elle vit distinctement le visage de celui-ci.

Un tremblement convulsif s'empara d'elle. Elle chancela sur ses jambes, et sans l'assistance du commissaire de police qui, se trouvant placé tout près d'elle, put la soutenir et la faire asseoir sur une chaise, elle fût tombée à la renverse.

Raoul, qui avait tout vu, s'avança.

— Faites ce que vous avez à faire, monsieur, dit-il.

Le procureur du roi, le commissaire de police, les agents et les soldats entrèrent dans l'intérieur de l'appartement.

Raoul demeura seul avec l'inconnue. Il la contemplait en silence, pâle, les dents serrées, les bras croisés sur sa poitrine par un mouvement convulsif, et comme s'il eût pris à dessein cette attitude dans la crainte que sa main ne se portât sur cette femme si rapidement qu'il n'eût pas la force de la retenir.

Au bout de quelques instants elle fit un mouvement, releva la tête, et aperçut la terrible figure de Raoul qui semblait la dominer du regard.

Elle tressaillit.

— Tue-moi, dit-elle, mais fais-leur grâce.

— Non, dit Raoul, c'est à toi que je fais grâce, pour que ton supplice soit plus long ; mais ma vengeance commence, je t'atteindrai par eux. Je les tiens ; ils sont perdus.

Un des agents de police entra en ce moment et dit à Raoul quelques mots à l'oreille.

— Ah ! rugit Raoul ; enfin !

Comme il parlait encore, la porte qui conduisait dans l'intérieur de l'appartement s'ouvrit. Les magistrats parurent, suivis de l'escorte qui entourait deux nouveaux personnages. L'un était un jeune homme de vingt-six à vingt-huit ans ; cet homme était d'une grande beauté. Ses cheveux étaient noirs ainsi que sa barbe ; ses moustaches, d'une couleur moins foncée comme

plusieurs grands peintres se sont plu à
en représenter, encadrait noblement une
bouche d'une merveilleuse finesse. Sa
taille était élevée et toutes ses manières
dénotaient une extrême distinction. Il
était difficile de voir de plus belles mains
que les siennes. A l'aspect de Raoul, son
visage se contracta de colère autant que
de surprise, et se tournant vers la personne qui l'accompagnait, il lui dit d'un
ton d'indignation.

— Le misérable !

C'était une très-jeune femme à qui le
jeune homme avait adressé ces paroles.
Quoiqu'elle eût à peine vingt ans, on voyait
que déjà le chagrin avait imprimé sa main
de fer sur ce délicieux et candide visage.
Elle se laissait traîner plus qu'elle ne mar-
chait. Le procureur du roi avait cru de
son devoir de lui offrir son bras ; elle se

laissait aller sur cet appui avec un désespoir qui touchait jusqu'aux agents et aux
soldats qui l'accompagnaient. Dans un
effort qu'elle avait fait (sans doute pour
monter à l'étage supérieur, comme l'avait
si bien conjecturé Bénard), ses cheveux
s'étaient dénoués, et ils inondaient de
longues tresses blondes les plus belles
épaules qui se pussent voir. A ce que lui
dit son compagnon, elle ne répondit que
par un regard qui semblait dire :

— Croyez-vous que cela m'étonne?

Le procureur du roi la remit aux mains
du chef de l'escorte, et s'avança vers
Raoul :

— Monsieur, lui dit-il, nous touchons
à la fin de cette pénible expédition; en
dernier lieu, que me reste-t-il à faire?

Raoul regarda fixement la femme brune,
qui ne baissa pas les yeux sous ce terrible

regard. Puis, après un moment de réflexion :

— C'est bien, monsieur, dit-il au magistrat ; veuillez emmener vos prisonniers, et songez que vous en répondez devant qui de droit. Demain j'aurai l'honneur de vous voir.

Le procureur du roi, qui paraissait avoir hâte d'en finir avec Raoul, s'empressa d'offrir son bras à la jeune prisonnière, et dit, d'un ton qui eût pu sembler peut-être trop poli, au jeune homme qui l'accompagnait :

— Allons, monsieur.

Il salua Raoul et se mit en marche.

La femme brune se leva et se précipita dans les bras de la prisonnière ; elle l'embrassa en pleurant ; se dégagea précipitamment de cette douloureuse étreinte, serra la main du jeune homme, et rentra dans l'intérieur de l'appartement, en proie à une vive agitation, leur criant :

— A demain !

Les prisonniers et les magistrats sortirent.

Raoul, en entendant ce qu'avait dit la femme brune, avait fait entendre un petit éclat de rire. Pendant quelque temps, il écouta le bruit des pas de ceux qui s'éloignaient. Enfin tout rentra dans le silence ; il entr'ouvrit la porte de la chambre où s'était réfugiée la femme brune :

— A demain, avez-vous dit ! lui cria-t-il d'une voix sombre ; et moi, vous n'y pensiez donc plus ?

VI.

Le lendemain matin, le procureur du roi reçut une lettre de Raoul. Cette lettre, très-concise, ne contenait que l'invitation pressante de se conformer aux instructions renfermées dans un papier joint à la lettre, et qui n'était autre qu'un ordre du ministre de la justice de donner cours à l'affaire avec la dernière rigueur : cet ordre était, comme l'annonçait la lettre, expédié en *duplicata*.

Le magistrat fit donc conduire les deux prisonniers devant le juge d'instruction, et il leur fut adressé les questions suivantes [1] :

— Êtes-vous, dit le magistrat au jeune homme, le vicomte de Rameville ?

— Oui, monsieur.

— Vous voyagez sous un faux nom, celui de Van-Klaegel ?

— Je l'avoue.

---

[1] Il n'est pas inutile de répéter ici ce qui a été dit dans le chapitre précédent, à savoir que les noms imaginaires, qui nous ont paru beaucoup plus favorables à l'incognito des héros de cette histoire, cachent des noms véritables, et que pas une des particularités n'est de notre invention.

— Votre passeport est pour vous et madame Van-Klaegel, votre épouse : la dame avec laquelle vous avez été arrêté n'est pas votre femme ?

— Non, monsieur ; personne ne peut avoir de doutes à cet égard : cet interrogatoire est donc inutile.

— Mon devoir est de constater vos aveux ou vos dénégations. Quel est le nom de cette dame ?

— Je n'ai rien à vous répondre.

Le silence du prisonnier ne pouvait être pris pour une obstination mal placée, puisqu'il ne niait rien ; ce n'était que de la dignité. Le magistrat le sentit, et ne poussa pas plus loin un examen désormais inutile, comme l'avait dit M. de Rameville lui-même, une fois que son identité était établie par ses propres aveux, et qu'il refusait de donner de nouvelles explications.

La jeune femme suivit exactement la même conduite, ou à peu de chose près. Devant le juge d'instruction, elle avoua que le nom de Van-Klaegel n'était pas le sien; qu'elle n'était pas la femme du vicomte de Rameville. Mais quand le magistrat lui demanda si elle était l'épouse du marquis de Barnemont, elle baissa les yeux et se contenta de répondre à voix basse :

— Je ne veux pas mentir à la justice ; mais, de grâce, monsieur, ne me forcez pas à avouer ce qui fait mon malheur et ma honte. Mille fois mourir plutôt que d'avouer que je suis la femme de cet homme !

Il était donc constaté que le vicomte de Rameville avait enlevé la marquise de Bar-

nemont; et, pris en flagrant délit d'adultère, les deux fugitifs devaient s'attendre
à une condamnation sévère et flétrissante,
que l'époux offensé·appelait sur leur tête
de toutes ses forces et armé du texte terrible de la loi, devant laquelle ses droits
ne pouvaient être méconnus.

Il est temps de dire à ceux de nos lecteurs que leur imagination trop prompte
aurait pu induire à une grave erreur, que
le jeune homme porteur des ordres re-
doutables en vertu desquels le vicomte
et la marquise avaient été arrêtés, et que
nous avons appelé Raoul, n'est point,
comme on a pu le supposer, le marquis
de Barnemont

Comme nous n'avons pas dix volumes
à faire, nous nous empresserons de mettre tout le monde au fait des diverses in-
dividualités à qui nous avons déjà eu et à

qui nous aurons encore affaire: Pour cela, rien ne nous paraît plus propre à éclaircir la position que le récit de la conversation qui eut lieu entre Raoul et la femme chez laquelle ont été arrêtés les fugitifs, après le départ de ces pauvres jeunes gens.

Pendant plus d'un quart d'heure, cette femme demeura comme abîmée dans de profondes réflexions. Elle n'avait pas répondu à l'exclamation emphatique de Raoul. Elle semblait se rendre très-bien compte de la possibilité où il se trouvait de perdre ceux qu'elle avait voulu protéger, et elle paraissait chercher quelque moyen de s'opposer aux efforts trop puissants de cet être infernal. Enfin, après une longue méditation, pendant laquelle les pensées tumultueuses qui s'agitaient dans son cœur se reflétaient sur les traits mobiles de son

beau visage, elle se leva gravement, vint
se poser devant Raoul, qui n'avait pas
cessé un seul instant de l'observer avec
satisfaction, comme s'il eût suivi une à une
toutes les pensées qui se succédaient dans
l'âme de la jeune femme, et le regardant
d'un air consterné, elle lui dit :

— Vous le voyez, je viens de chercher à
opposer une force quelconque à votre
force maudite, de généreuses ruses à vos
ruses infernales, et je n'ai rien trouvé.
Rien ! car il ne resterait qu'à implorer
votre pitié, et votre cœur de pierre n'a jamais su ce qu'était un pareil sentiment.

— Eh bien ! dit Raoul, où en voulez-
vous venir ?

— Malgré toute votre féroce dureté,
continua la jeune femme, je viens cependant vous demander pour ces pauvres
enfants cette pitié qui est leur seule res-

source. Ils ne vous la demanderaient pas ; mais, moi, je vous la demande à genoux et avec des larmes amères. — Et en parlant ainsi, elle se laissa tomber aux genoux de Raoul, qu'elle entoura de ses bras et mouilla de ses pleurs. — Oui, je vous la demande ! Pitié pour eux ! Vengez-vous de moi ! Tuez-moi, je le mérite ! mais eux, que vous ont-ils fait ?

Raoul ne répondit que par une sorte d'éclat de rire satanique : la jeune femme se releva comme si elle eût entendu la voix du démon lui-même prononcer la sentence de ses amis.

— Ah ! dit-elle en essuyant ses larmes, vous êtes un monstre ! A vous, demander de la pitié ! J'étais folle !

— Oui, dit Raoul en s'avançant et en lui prenant le bras violemment ; oui, vous êtes folle, Amélie, si vous avez pu croire

que ma vengeance serait satisfaite parce
que vous serez venue, vous, Amélie,
vous mettre à genoux devant moi et me
dire : Je ne demande pas grâce pour moi !
Tuez-moi ! mais ayez pitié d'eux ! Oui,
vous étiez folle quand vous avez pu croire
qu'oubliant le passé, Raoul allait vous
dire : C'est bien, tu vas mourir, et ils
peuvent aller en paix ! Mourir ! mais certainement, vous êtes folle, si vous croyez
que la mort expierait ce que vous m'avez
fait souffrir. M'avez-vous tué, vous, quand
vous avez voulu briser mon bonheur sur
cette terre ? Ce n'est pas d'une manière di-
recte que vous avez atteint mon cœur : vous
m'avez frappé dans ce que j'avais de plus
cher au monde ; je vous frapperai dans ce
que vous aimez : dans cette sœur chérie
dont j'ai déjà fait le malheur en la jetant
aux bras d'un vieillard infirme et que

l'ambition rend mon esclave ; je vais aujourd'hui la déshonorer, pour que vous
sachiez enfin ce que c'est que de pleurer
sur ce que l'on aime. Je prends ma revanche, madame! J'ai joué franc jeu ; car,
après ce que vous m'aviez fait, vous de-
viez tout craindre de ma part, et vous
m'avez constamment trouvé sur votre passage. Laissez donc la partie s'achever ; et
si vous succombez dans la lutte, c'est dans
l'ordre : j'aurai gagné, et vous aurez
perdu ; rien de plus naturel, car j'aurai
joué avec plus d'habileté que vous.

Ces violentes paroles ne sortirent pas
de la bouche de Raoul comme nous les
avons rapportées. Il s'arrêtait de temps à
autre, fixant sur Amélie un regard de colère et de haine ; puis il recommençait
en silence sa lugubre promenade, et laissait encore échapper quelques mots.

— Je ne vous croyais pas si infâme !
lui dit enfin celle à qui il s'adressait.

Raoul tressaillit et changea de couleur.
Il s'arrêta : puis, s'approchant d'Amélie,
il lui dit d'une voix éteinte :

— Ce que vous venez de me dire n'a-t-
il point retenti comme un écho dans votre
âme? Ne vous souvient-il plus que le jour
où vous commîtes le grand crime que je
vous fais expier aujourd'hui, je ne trouvai pas autre chose à vous dire que ces
paroles que vous venez de prononcer, et
qui m'étaient arrachées par l'étonnement
où me plongeait votre odieuse conduite?
Ne vous souvient-il plus de l'effet produit
par ces mots que je vous jetai à la face
dans votre salon, devant deux cents personnes :

—En vérité, madame, je ne vous croyais
pas si infâme !

Amélie garda le silence.

— Et pourtant, continua Raoul avec un terrible sang-froid, je devais vous connaître ; je devais savoir que vous étiez une femme sans cœur ! Mais, je le répète, je n'aurais pas cru que sous cette belle enveloppe se cachât l'âme d'un démon ; oui, votre scélératesse m'étonna, m'épouvanta ! Elle a eu de funèbres résultats ! Vous avez empoisonné ma vie ; vous avez frappé au cœur celle que j'aimais avec idolâtrie : vous l'avez tuée. C'était vous qui étiez infâme, agissant ainsi, et non pas moi, qui ne fais que me venger.

— Mais, elle ne vous a rien fait ! murmura Amélie.

— Et que vous avait fait celle que vous avez lâchement assassinée ? s'écria Raoul avec un rugissement qui fit frissonner Amélie.

— Elle vous aimait, dit-elle en tremblant.

— Et vous étiez jalouse! dit Raoul avec un rire amer; jalouse de moi que vous n'aviez jamais aimé, de moi que vous aviez trompé indignement. Taisez-vous! vous savez bien que je ne puis pas vous croire.

— Enfin, monsieur, dit Amélie en faisant un effort sur elle-même, n'y a-t-il rien à attendre de vous?

— Rien que la douleur et le désespoir pour vous; pour elle le désespoir et la honte.

— Laissez-moi donc, monsieur, et délivrez-moi de votre odieuse présence.

Amélie, à qui l'opiniâtre cruauté de Raoul redonnait un courage factice, lui fit un geste empreint de dignité, rentra dans l'intérieur de l'appartement, et Raoul, sans ajouter un mot, regagna le sien à pas lents. Il passa le reste de la nuit à écrire, et le matin il fit tenir au procureur du roi l'ordre du ministre de la justice dont nous avons parlé au commencement de ce chapitre.

Dans la matinée, une femme demanda à parler au magistrat; c'était Amélie. Elle obtint sans peine la permission de voir sa sœur. Amélie et la marquise demeurèrent ensemble environ deux heures.

Il était quatre heures du soir quand Martin entra chez Raoul. Le vieux serviteur était pâle et défait.

— Monsieur, lui dit-il, savez-vous ce qui se passe?

— Non, dit Raoul effrayé de l'agitation de son vieux domestique.

— Madame de Méry se meurt, monsieur, et elle demande à vous parler.

— Elle se meurt, dit Raoul, en bondissant vers la porte ! ah !... Je suis sûr...

Il n'acheva pas. Il arpenta deux ou trois fois la longueur de sa chambre en silence, puis il sortit précipitamment.

Madame de Méry — Amélie — était en effet à l'agonie. Le médecin qui avait été appelé avait déclaré les ressources de l'art impuissantes. Amélie avait pris le plus actif de tous les poisons.

Quand Raoul entra dans cette chambre de mort, il ne put se défendre d'un frissonnement involontaire. Amélie l'aperçut dès qu'il eut franchi la porte :

— J'ai besoin de causer un instant avec monsieur ; dit-elle ; qu'on nous laisse seuls.

Tout le monde se retira. Raoul s'approcha du lit d'Amélie :

— Vous voilà, lui dit-elle, hâtez-vous !

j'ai peu d'instants à vivre. Il faut cependant que je vous parle. Vous m'avez aimée, Raoul; vous m'avez crue coupable; je jure devant Dieu que vous avez été trompé par les apparences. Je vous aimais de toutes les forces de mon âme; cet amour m'a rendue criminelle; car la jalousie s'empara de moi au point d'égarer ma raison, et c'est cette jalousie à laquelle tantôt vous ne vouliez pas croire, qui m'a fait commettre l'indigne action que vous avez si rudement punie. Je vous aime encore, malgré votre implacable vengeance, et avant de mourir j'ai besoin que vous me pardonniez.

Raoul demeurait anéanti sans répondre.

— Oui, continua madame de Méry, j'ai besoin que vous me pardonniez et le mal que je vous ai fait, et le soin que j'ai pris de vous dérober vos victimes...

Raoul fit un mouvement de surprise.

— A l'heure où je parle, poursuivit Amélie, ma pauvre sœur est morte ou va mourir. Je l'ai vue ce matin ; j'ai toujours avec moi une dernière ressource contre les grands maux ; je l'ai partagée avec elle ; il y en avait assez pour nous délivrer toutes deux de votre vengeance. Ma mort est juste ; c'est une expiation ; mais nous sommes quittes ; car vous l'avez tuée, comme j'en ai tué une autre naguères.

Devant la mort, les passions mauvaises qui agitent l'humanité sont bien petites et bien méprisables. La haine, la vengeance, qui avaient envahi le cœur de Raoul, tombèrent devant ce peu de mots prononcés par une mourante. Il lui sembla voir le spectre de la marquise qui venait lui jeter le nom d'assassin. Il sentit ses jambes chanceler, et il tomba agenouillé près du lit de madame de Méry.

— Amélie, essaya-t-il de dire d'une voix éteinte; c'est à vous de me pardonner.

Il ne reçut pas de réponse.

— Amélie, s'écria-t-il hors de lui, répondez-moi! me pardonnez-vous?

Le silence de la mort régnait dans la chambre. Raoul se leva, prit la main d'Amélie; nulle pression ne répondit à son étreinte; il se pencha vers son visage, le contempla un instant avec anxiété; puis poussa un cri perçant et tomba sans connaissance sur le plancher.

On entra au cri qu'avait poussé Raoul : Madame de Méry était morte, et Raoul était privé de sentiment. On le porta dans son appartement. Quand il reprit ses sens, il n'avait pas sa raison. Une fièvre cérébrale se déclara aussitôt. La maladie fut longue, et quand Raoul fut rétabli, il alla se jeter dans un couvent dont la règle est des plus austères[1], et il y a dix ans, il vivait encore.

La marquise mourut comme l'avait annoncé sa sœur; et il est inutile de dire que le vicomte fut rendu à la liberté. Lui seul a survécu à cette déplorable tragédie, et n'est pas le moins à plaindre.

Je me trouvais il y a une dizaine d'années dans la province où est le couvent dans lequel Raoul a cherché une retraite. Quoique cette lugubre histoire ait été étouffée à l'époque où elle se passa, tout se sait, et j'avais entendu confusément

---

[1] L'obligation que je me suis imposée de ne rien dire dans ce récit qui puisse faire deviner ou même soupçonner quelles sont les personnes qui y jouent un rôle, m'empêche même de dire dans quel couvent se retira celui que j'ai nommé Raoul. La moindre indication en pareille matière peut passer pour une indiscrétion.

parler de Raoul et de ses malheurs, ainsi que de la résolution qu'il avait eu le courage de prendre à la suite de ces funestes événements. Je visitai le couvent, et en causant avec un des moines qui me montrait la sainte retraite, je me hasardai à lui parler avec beaucoup de ménagement du héros de ce drame.

— Ah! me fit le bon père, vous voulez parler du frère N...? Voulez-vous que je vous conduise à sa cellule?

On comprend que je ne pus résister au désir de voir Raoul. Je suivis le frère qui m'introduisit dans une cellule où je me trouvai en présence d'un moine d'une cinquantaine d'années. Ses cheveux étaient blancs comme ceux d'un vieillard de soixante-et-dix ans; de profondes rides, creusées évidemment par le chagrin, sillonnaient son front et ses joues; mais à son regard, il n'était pas permis de se méprendre sur son âge. Il était d'une taille élevée, et son port était plein de distinction.

Quand nous entrâmes il lisait : il se leva et me salua avec cette politesse des gens de haut lieu qui ne se perd pas même dans les austérités du cloître.

—Soyez le bienvenu, me dit-il en fermant son livre. Que désirez-vous de moi pauvre pécheur?

Ces mots prononcés sans affectation et avec une humilité réelle me rendirent quelque peu confus, et je n'osais lui dire que j'avais été conduit vers lui par un mouvement de curiosité. Il s'en aperçut, et me tendant la main avec bonté :

— Mon fils, me dit-il, vous voyez devant vous un grand coupable qui ose à peine espérer, quelque confiance qu'il ait dans la bonté de Dieu, que ses crimes lui seront pardonnés au jour du terrible jugement. Une partie de la pénitence que je me suis imposée consiste dans l'aveu de mes fautes que je me suis engagé à faire à tous ceux qui voudraient l'entendre. C'est un terrible enseignement; vous êtes jeune encore, vous me paraissez appartenir au monde dans lequel je vivais; si vous n'avez pas horreur d'un récit rempli de crimes, je suis prêt à vous conter l'histoire de ma vie. J'accomplirai ainsi la rude tâche que je me suis imposée, et je serai heureux si ce funeste récit peut vous être utile, et vous faire prendre en mépris et en horreur les passions qui m'ont égaré, et auxquelles on n'est que trop en butte dans le monde où vous vivez.

Je m'inclinai en signe d'assentiment, et

l'assurai que j'étais disposé à l'entendre.
Je dois avouer que c'était plutôt la curiosité qui me guidait, que le désir de con-
tribuer à lui faire accomplir sa pénitence,
ou même à en tirer une leçon salutaire;
mais je me gardai bien de lui faire part
de cette pensée mondaine. Le frère qui
m'avait accompagné et qui était réclamé
ailleurs, me laissa avec le frère N... qui
m'offrit un siége, et me raconta son histoire avec une grande simplicité, n'o-
mettant rien de ce qui pouvait le faire
paraitre coupable, palliant au contraire
les fautes d'autrui pour en assumer toute
l'odieuse responsabilité.

Je ne raconterai pas tout au long cette
histoire dont une grande partie est déjà
connue des lecteurs. Je vais seulement
donner un abrégé de ce qu'il est nécessaire de connaitre pour l'intelligence de

ce qui précède, me servant dans mon récit des mêmes noms sous lesquels j'ai caché les personnages qui y figurent. Raoul ayant occupé dans le monde une position brillante, je crois devoir continuer à le nommer simplement de ce faux nom de baptême, pour que rien ne puisse mettre sur la trace de celui qu'il désigne.

Vers la fin de l'Empire, Raoul, dont la famille avait émigré, et qui n'était pas rentré en France lors de la radiation des émigrés, se lia très-intimement en Allemagne avec une jeune veuve, madame Amélie de Méry. Raoul était l'amant d'Amélie depuis deux ou trois ans, lorsqu'il crut s'apercevoir qu'un jeune baron assez à la mode était distingué par madame de Méry. Il fit des représentations à sa maîtresse dont le caractère entier ne supporta pas les soupçons de Raoul. Elle s'emporta, et Raoul appela en duel le malheureux baron qui succomba. Raoul, convaincu de l'infidélité de madame de Méry, la quitta brusquement et se rendit en Angleterre sans vouloir même avoir avec elle une explication.

Il y avait six mois qu'il était à Londres lorsque Amélie y arriva. Elle chercha à voir Raoul ; celui-ci s'y refusa d'autant plus opiniâtrément qu'il était sur le point de se marier avec une charmante et gracieuse jeune fille, dont l'amour pur et sincère le rendait le plus heureux des hommes.

Le jour du mariage était fixé. On avait déjà signé le contrat lorsque Raoul apprit que sa fiancée devait aller passer la soirée chez madame de Méry, qui était parvenue à se lier avec la mère de la jeune

Lucy. Raoul fut désespéré de cette nouvelle ; mais comme depuis quelque temps Amélie avait cessé de l'obséder, il espéra qu'elle avait enfin pris son parti, et qu'elle voulait au contraire lui faire voir qu'elle était disposée à le laisser jouir en paix de son bonheur. Il craignait d'ailleurs de laisser soupçonner à sa pure et chaste fiancée les relations qui avaient existé entre lui et madame de Méry ; il s'abstint donc de toutes représentations au sujet de la soirée projetée.

En rentrant chez lui, il trouva une lettre d'Amélie : « Vous allez vous marier, « lui disait-elle, ce soir j'ai du monde « chez moi. Votre Lucy y sera avec sa « famille. Je serais heureuse de vous y « voir près d'elle. Le passé est le passé. »

Raoul ne vit dans cette démarche qu'une proposition de paix ; il lui répugnait d'aller chez cette femme dont il avait eu, à ce qu'il croyait, tant à se plaindre. Cependant il fit réflexion que sa liaison antérieure avec madame de Méry étant une chose connue de plusieurs personnes, l'affectation qu'il mettrait à refuser cette invitation pourrait être faussement interprétée. Il se rendit donc au bal de madame de Méry.

Il ne fut que médiocrement satisfait des attentions qu'Amélie avait pour Lucy, et de la joie que manifestait cette jeune fille au cœur candide et pur, de ce commencement de liaison avec cette femme. Il se garda toutefois, en homme bien appris, de laisser voir son mécontentement, et il se réserva de couper court à cette amitié qui lui paraissait monstrueuse, une fois qu'il serait marié.

Amélie était une personne qui ne re-

culait devant aucune considération quand
la passion la dominait. Elle avait résolu
de frapper un grand coup, sans peut-être
en calculer toutes les conséquences. Elle
accomplit sa fatale résolution.

Raoul, qui ne quittait presque pas des
yeux l'objet de son affection, s'aperçut
tout à coup que Lucy n'était plus auprès
de sa mère, et qu'elle ne figurait dans aucune contredanse. Inquiet, il s'informa
auprès de sa future belle-mère de ce que
Lucy était devenue.

— Soyez en paix, lui répondit la pauvre mère, je sais où elle est ; elle est en
lieu de sûreté.

Depuis le commencement de la soirée,
Raoul avait été comme sur un volcan. La
prudence qu'il s'était imposée commençait à lui paraître exagérée. Enfin, n'y tenant plus, il s'approcha de nouveau de

lady W…, et lui dit avec une extrême agitation :

—Pour Dieu! madame, dites-moi si miss
Lucy n'est point avec madame de Méry?

— Mais sans doute, dit en riant la con-
fiante lady W…, avec qui voudriez-vous
qu'elle fût?

Raoul se frappa le front, et s'élança au
fond de l'appartement, poussé par un secret pressentiment de ce qui le menaçait.
Comme il cherchait le lieu où Amélie
pouvait avoir conduit Lucy pour lui faire
ses perfides confidences (car il ne doutait
pas que tel eût été le but de madame de
Méry), il vit une porte s'ouvrir, et Amélie
se présenta à lui. L'œil de la jeune veuve
était enflammé; sur son visage on lisait
une expression singulière de douleur et de
joie qui fit trembler Raoul. Il s'approcha

d'elle les dents serrées, pâle, respirant à peine :

— Lucy, lui dit-il, Lucy ! où est-elle ? qu'en avez-vous fait ?

La pièce où donnait le boudoir duquel venait de sortir madame de Méry était une des plus grandes de l'appartement. Plus de deux cents personnes y étaient réunies. On ne dansait pas dans ce moment. Tout le monde entendit donc l'interpellation de Raoul. Un grand silence succéda au tumulte de la fête. Madame de Méry fut d'abord un peu troublée en se voyant ainsi apostrophée devant tant de monde ; mais se remettant bientôt :

— Vous demandez miss W...? dit-elle à Raoul d'un air de triomphe ; elle est là (et elle montrait le boudoir). Allez donc la consoler, la pauvre enfant, car elle ne peut se faire à l'idée que je suis votre maîtresse !

La foudre tombée au milieu de ce salon où, deux minutes auparavant, régnaient la gaîté et le plaisir, n'eût pas produit un effet plus terrible que ces audacieuses paroles. Le premier mouvement de Raoul fut de tuer Amélie sur la place; mais emporté par l'amour et la crainte, il s'élança dans le boudoir.

Il y trouva Lucy. Elle était assise sur une ottomane, et autour d'elle étaient éparses sur le tapis de nombreuses lettres que Raoul reconnut pour celles qu'il avait écrites à Amélie. La jeune fille ne pleurait pas, mais ses joues étaient enflammées; ses yeux, animés d'un éclat étrange, étaient fixés sur ces fatales lettres. Quand Raoul entra, elle le regarda sans le reconnaître.

— Lucy ! s'écria-t-il, Lucy ! que faites-vous là ? cette femme vous a trompée.

Lucy répondit par un éclat de rire sauvage qui terrifia son fiancé.

— Lucy, reprit Raoul, écoutez-moi, ne me reconnaissez-vous pas ?

La jeune fille lui montra du doigt les lettres qui jonchaient le plancher, et recommença son horrible éclat de rire !

Un autre éclat de rire y répondit ; c'était Amélie qui avait suivi Raoul avec une incroyable audace, et qui s'applaudissait de son ouvrage !

Raoul prit sa fiancée par la main ; elle se laissa faire, mais quand il voulut l'emmener, elle se baissa et ramassa une lettre qu'elle mit sur son cœur avec ce sourire d'insensé si pénible à voir.

La grande salle s'était en un instant remplie d'une foule immense. Amélie, toute à sa vengeance, semblait ne faire attention à rien de ce qui se passait autour d'elle, en dehors de ses deux victimes. Raoul la mesura du regard, puis réprimant visiblement un mouvement de rage bien légitime, il se contenta de lui dire d'une voix terrible :

— Madame, je ne vous aurais pas crue si infâme !

Puis il sortit, menant à sa mère la pauvre Lucy qui continuait à sourire.

La pauvre enfant était folle.

Elle ne reprit point sa raison. Une fièvre ardente se déclara, et trois jours après elle était morte.

Dès le lendemain, madame de Méry avait quitté Londres.

La Restauration eut lieu sur ces entrefaites. Raoul qui n'avait pu succomber à sa douleur, revint à Paris et fut réintégré dans son rang et sa position ; mais rien ne pouvait le consoler de la perte de Lucy. Tout le monde croyait qu'il allait quitter la cour, lorsque tout à coup il parut rechercher avidement le crédit et la faveur. Il se mit à protéger ouvertement un homme qui avait le double de son âge, et qui était d'une réputation plus que douteuse. Le crédit de Raoul lui fit avoir une large part aux faveurs de la cour. Cet homme s'appelait le marquis de Barnemont.

Bientôt le marquis se maria ; il épousa une charmante jeune fille qui semblait aller au supplice en marchant à l'autel. Le mariage s'accomplit cependant.

Voici l'explication de la conduite de Raoul.

Au plus fort de sa douleur, il avait appris que madame de Méry, qu'il avait fait chercher de toutes parts sans pouvoir la découvrir, venait d'arriver à Paris avec sa jeune sœur qu'elle avait retirée du couvent de Dames Nobles, où celle-ci avait été élevée en Allemagne. L'exaspération de Raoul, comme il arrive toujours en pareil cas, s'était changée en une haine profonde, et en un désir immodéré de vengeance. Il sut que madame de Méry avait concentré toutes ses affections sur sa sœur ; que, vivant désormais d'une manière irréprochable, elle avait consacré toute son existence à cette charmante enfant à qui elle avait juré de servir de mère. Raoul conçut dès lors un projet infernal. Il se raprocha d'Amélie, semblant lui pardonner ce qu'elle lui avait fait. L'ambition, disait-il, avait complétement remplacé en lui toutes les autres passions, et à peine se souvenait-il d'avoir aimé. Amélie, heureuse d'un pardon qu'elle n'eût pas osé implorer, l'accepta avec reconnaissance. Raoul lui proposa de marier sa jeune sœur au vieux marquis de Barnemont, sur lequel, grâce au crédit de Raoul, les faveurs commençaient à pleuvoir. La sœur d'Amélie avait été presque fiancée au vicomte de Rameville; mais le vicomte n'avait aucune fortune, et après un entretien qu'il eut avec Raoul, lui-même engagea, en rougissant, la sœur d'Amélie à consentir à porter le nom de marquise de Barnemont.

En me faisant le récit de son histoire, Raoul eut le courage de me mettre à nu le fond de son cœur, et de me faire lire dans cet abîme de perfidies longuement et froidement préméditées. Il faut bien que j'aie le même courage et que j'étale devant mes lecteurs le hideux spectacle de cette vengeance si longtemps mûrie et accomplie avec tant de persévérance. Il le faut, ne fût-ce que pour faire voir jusqu'où va la malice humaine.

Dès que la sœur d'Amélie fut devenue la marquise de Barnemont, elle vit avec horreur tout ce qu'il y avait de bas et de vil dans cet homme à cheveux blancs qui s'était fait l'esclave d'un jeune homme pour satisfaire son ambition et sa cupidité. Raoul lui avait dit : Je vous protégerai, mais je disposerai de vous ; voilà de l'or, des places, des honneurs, mais vous m'appartenez sans réserve ; et cet homme avait souscrit à ce pacte infâme !

« J'avais fait mon plan, me dit Raoul ;
« quand tout fut bien arrêté dans ma tête,
« j'envoyai chercher le marquis, et je lui
« dis : Je vous ai fait obtenir ce qui était
« l'objet de toute votre ambition ; mais

« voici à quel prix. Vous allez vous ma-
« rier ; vous épouserez une jeune fille
« charmante, mais vous ne serez pour elle
« ni un mari ni un père, car vous n'au-
« rez avec elle aucuns rapports intimes,
« et je ne veux pas que vous soyez bon
« pour elle. Elle vous trompera, elle
« aura un amant ; vous supporterez cela
« jusqu'au jour où il me plaira qu'il en
« soit autrement. Y consentez-vous ?

« Comme je m'y attendais, le marquis
« se mit à mes ordres. Il épousa la sœur
« d'Amélie ; la pauvre enfant, malheu-
« reuse d'être obligée de renoncer au vi-
« comte de Rameville, envisagea avec
« horreur sa nouvelle position. C'était où
« l'attendait ma combinaison infernale
« Par mes soins, le vicomte eut accès
« dans la maison ; je le lui avais presque
« promis. Par mes soins, tous les obsta-

« cles furent écartés, et, comme on devait
« s'y attendre, les pauvres jeunes gens
« succombèrent ; la chose fut assez secrète
« tant que je ne fus pas sûr qu'elle était
« sans remède ; mais quand je vis que la
« marquise ne pouvait plus se passer du
« vicomte, j'ordonnai au marquis d'écla-
« ter ; il joua à merveille le mari ou-
« tragé ; enfin, je ménageai les choses de
« manière à ce que les deux amants, pris
« en flagrant délit d'adultère, fussent pu-
« nis d'abord selon la rigueur des lois,
« et que cette jeune femme, l'objet de
« toutes les affections de celle qui avait
« brisé mon bonheur à jamais, déshono-
« rée, flétrie, repoussée, fît couler des
« yeux de madame de Méry des larmes
« aussi amères que celles qu'elle m'avait
« fait répandre.

« La fin tragique et inattendue de ce

« terrible drame vint m'éclairer et me
« faire voir tout ce qu'il y a de hideux
« au fond de toutes les passions hu-
« maines. Après tant de tempêtes, j'ai
« trouvé ici le port. Mais malgré la sincé-
« rité de mon repentir, les ombres de ces
« deux femmes me suivent dans cette
« pieuse solitude. Puissent-elles ne pas
« me poursuivre jusqu'au pied du tribu-
« nal de Dieu ! »

VII.

Un reproche que ne manqueront pas
de faire au présent livre plusieurs de ceux
qui daigneront le lire et le critiquer, sera,
certainement, de finir d'une manière
écourtée. « Quoi ! diront-ils, avoir cassé

avec tant d'audace les vitres des petites
maisons du dernier siècle, avoir jeté tant
de pierres dans les beaux jardins de l'Empire, et ne donner aux trente dernières
années qu'un maigre tiers de volume? »

« La montagne en travail enfante une souris. »

Le reproche serait parfaitement juste
s'il était mérité ; mais je tiens à me justifier de ce manque apparent de parole
auprès de ceux qui voudront bien s'a-
percevoir que je fais tenir en un demi-
volume ce qui devait, dans ma pensée et
dans la leur, fournir la matière de trois
volumes au moins. Ceci est une affaire
de famille : c'est le mot, puisque c'est le
résultat de nouveaux arrangements avec
mon éditeur. Nous avions traité pour
huit volumes ; mais j'ai dû me rendre
aux excellentes raisons qu'il m'a données,

et consentir à écrire le mot : Fɪɴ, au bas
de la dernière feuille de ce sixième volume. Voilà tout le mystère. Il y avait encore terriblement de petites et de grandes
maisons desquelles il eût été bien facile
et bien amusant de casser les vitres, bien
des jardins dans lesquels je me fusse
extrêmement diverti en jetant des pierres ;
mais j'ai dû remettre toutes ces pierres-
là dans mon sac ; soyez tranquilles, du
reste, bonnes gens, nous n'avons pas encore le bras si fatigué que nous ne puis-
sions à la première occasion recommen-
cer cette petite grêle ; vous ne perdrez
rien pour attendre, et si nous sommes
forcés de dire aujourd'hui :

« Hic tantum stetimus, nobis ubi defuit orbis, »

nouveau Christophe Colomb, nous cher-
cherons un nouveau monde plutôt que

de perdre les bonnes histoires que nous avons en réserve.

Oui, de nos jours, nous avons à chaque pas de nouvelles éditions des roueries d'autrefois; souvent, pâles et bâtardes contrefaçons, mais, de temps en temps, fines et spirituelles copies de cette époque charmante et perverse, où la galanterie semblait faire partie intégrante de l'air que l'on respirait, et où le mot *aimer* pouvait passer pour le synonyme de *vivre*.

Le prince qu'un coup inattendu est venu enlever à la France, que tant de qualités publiques et privées rendaient l'idole du pays, ce prince aimable et spirituel, qui avait toujours un mot de consolation pour les affligés, une parole d'espoir pour ceux qui désespéraient d'eux-mêmes, une parole gracieuse pour toutes les gloires, pour tous les mérites, ce prince était bien capable d'inspirer à une jeune femme un sentiment plus voisin de la tendresse que du respect. Et si, depuis son mariage avec l'admirable épouse que la Providence lui avait donnée, il a toujours tenu la conduite irréprochable d'un homme d'honneur qui estime celle à qui il a consacré sa vie, on ne saurait faire tort à sa mémoire en convenant qu'avant d'être marié, il sut mettre à profit les bonnes dispositions de certaines personnes de la cour ou de la ville. Certes, parmi tous ceux qui devaient un jour être ses sujets, nul plus que celui qui écrit ces lignes n'a versé des larmes sincères sur sa royale tombe : Élevé sur les mêmes bancs que ce prince infortuné, quand je prenais la liberté de lui rappeler le bonheur que j'avais eu de passer à ses côtés plusieurs années de mon enfance, j'ai toujours eu la joie de le voir s'en souvenir avec quelque plaisir. Il fut grand et bon pour moi ; je conserve au fond de mon cœur sa mémoire vénérée, et le dévouement que je lui avais gardé. Après un tel aveu qu'il m'est si doux de faire hautement, nul ne saurait m'imputer à mal la licence que je prends de raconter une histoire dans laquelle il joue un rôle.

Il rentrait un jour aux Tuileries ; un des officiers attachés de près à sa personne lui remit un énorme bouquet.

— Qu'est-ce que c'est que cela, dit le prince ?

— Monseigneur, un domestique sans livrée, mais qui sentait évidemment sa bonne maison, a demandé à me parler, m'a remis ce bouquet et la lettre qui l'accompagne, en me disant que l'on me suppliait de remettre le tout à Votre Altesse Royale. J'ai cru pouvoir me charger du message, ajouta en riant le digne et brave officier, quoiqu'il ne soit pas tout à fait dans mes attributions, mais parce que j'ai pensé qu'il pouvait faire plaisir à Votre Altesse Royale.

Le duc prit le bouquet et la lettre. Le bouquet se composait uniquement de marguerites ; mais l'imagination la plus féconde eût eu de la peine à inventer toutes les variétés de cette belle fleur qui s'y trouvaient rassemblées.

La lettre, cachetée d'un emblème sans prétention, ne portait ni initiale ni couronne, mais exhalait ce parfum indéfinissable qui révèle la femme distinguée ; elle ne contenait que ces mots :

« Monseigneur, je m'appelle comme « ces fleurs, et je vous aime. »

C'était simple et fin tout à la fois. Le prince fut touché de cette naïve déclaration qui s'adressait entièrement à l'homme (on ne pouvait s'y méprendre), et pas du tout au prince royal. Il eût donné tout au monde pour savoir de qui venait l'ingénieux envoi, et cependant il ne vint pas une fois à son âme délicate la pensée d'employer pour le découvrir les moyens que l'on a toujours à sa disposition quand on est ce qu'il était.

— Elle se révélera d'elle-même, dit-il, c'est à moi à ne pas laisser échapper le moindre indice qui puisse me mettre sur la voie.

Le prince donnait, comme on le sait, des bals charmants; mais les plus agréables étaient, sans contredit, ceux qu'il donnait de deux mercredis l'un, et où il n'invitait que de *jolies femmes*. Malheur à celles qui ne méritaient pas l'invitation du jour privilégié ! c'était obtenir un brevet de beauté, ou tout au moins de grâce, que de faire partie de ces charmantes réunions, de même que c'était à ne pas s'en consoler que d'en être exclue.

Le bienheureux mercredi approchait.

— Mon inconnue y sera sans doute, se dit le prince, et si elle n'y est pas, ma foi ! elle peut garder son incognito, je ne courrai pas après elle !

Nul ne contestera, j'espère, la justesse de ce raisonnement.

Enfin le bal commence ; le prince fait sa tournée habituelle, adressant à toutes les femmes un de ces mots gracieux qu'il savait si bien dire, mais évidemment préoccupé de la mystérieuse donneuse de bouquets.

Tout à coup il s'arrête. Il était devant

une des plus jolies femmes de Paris. Le prince l'examina avec attention ; la charmante personne portait une parure composée exclusivement de marguerites de toutes couleurs. Elle en était farcie des pieds à la tête.

La pauvre femme rougit jusqu'aux oreilles en voyant le prince l'examiner avec une satisfaction qui dut bien lui faire battre le cœur.

Enfin, après l'avoir saluée :

— Madame de B..., lui dit-il de sa plus douce voix, est-ce que vous vous appelez Marguerite ?

— Oui, monseigneur, répondit la jolie madame de B..., tremblante comme un oiseau pris au nid.

— J'aurais dû m'en douter, dit le prince passablement ému..., à votre coiffure.

Il la remercia d'un regard qui semblait

dire : Je n'avais pas osé deviner si bien.
Puis, quelque envie qu'il eût de prolon-
ger la conversation, il continua sa promenade officielle, laissant l'aimable Marguerite bien heureuse de la bonne idée
qu'elle avait eue, et remerciant tout bas
ses chères fleurs qui avaient été de si fi-
dèles interprètes.

Je ne sache pas que dans aucun temps,
dans aucun pays, ce gracieux et discret
langage des fleurs ait été employé avec
plus de bonheur et de finesse.

Point n'est besoin de dire que cette tendre ruse eut tout le succès qu'elle méritait.
L'aimable et charmante donneuse de bouquets était digne de quelque chose de
mieux qu'un caprice : aussi jusqu'à l'époque où le prince dut renoncer en se mariant à des liaisons de ce genre, eut-elle
toute son affection.

Tout Paris a vu combien il en coûta à la pauvre femme d'être obligée de renoncer à son illustre amant. Elle pleura beaucoup, parce qu'elle aimait beaucoup ; tout Paris l'a vue se promenant solitairement dans les allées écartées du bois de Boulogne, cachant sa douleur sous un énorme voile vert, et quand nous, qui aimions le prince, nous disions en pensant au bonheur qu'il avait trouvé en se mariant :

— Le prince doit être bien heureux ! nous ne pouvions, quand nous rencontrions la pauvre délaissée, nous empêcher de dire :

— Cette pauvre madame de B.... doit être bien malheureuse !

Mais hélas ! les amants se suivent et ne se ressemblent pas ! on a vu Louis XIII sur le trône de Henri IV, Ferdinand VII sur celui de Charles-Quint, on a vu la tiare de Sixte-Quint et de Léon X au front de prêtres sans force et sans vertus ; pourquoi s'étonnerait-on d'avoir vu un obscur petit commis d'agent de change succéder à un prince plein de grâce et de distinction dans les faveurs d'une femme gracieuse et distinguée ? et pourtant, il faut bien le dire, ce fut ce qui arriva.

Le temps, ce grand consolateur, fit si bien que madame de B.... finit par se consoler de l'abandon qui nous l'avait montrée si longtemps en Ariane dans les solitudes du Bois de Boulogne et des Champs-Élysées. Un beau jour, le voile vert disparut : cette couleur de deuil, assez insolite, avait peut-être une signification particulière, et madame de B..... qui est très-forte sur le langage emblématique en honneur dans l'Orient (l'histoire du bouquet le prouve de reste), voulait peut-être

exprimer par là qu'elle ne perdait pas l'es-
pérance... de réparer la perte qu'elle avait
faite.

Le temps donc, disions-nous, la con-
sola. C'est-une si bonne chose d'être consolé quand on souffre, que nous pardon-
nons de grand cœur au temps d'avoir
opéré ce miracle : seulement il nous sera
permis de faire observer qu'il eût pu prendre un autre collaborateur que le *beau*
monsieur M.....; madame de B..... méritait mieux que cela.

Quand une femme a un amant, et que
cet amant est le Prince Royal, un honnête
homme de mari peut, sans que sa réputation d'homme d'honneur en souffre, ne
pas jeter les hauts cris et faire du bruit
par-dessus les maisons. Même, quand cet
amant, sans être le Prince Royal, est un

galant homme qui n'affiche pas la femme dont il est aimé, le parti le plus sage pour un mari est peut-être de garder le silence et de prendre son mal en patience. C'est ce que fit d'abord M. de B..... que tout Paris tient pour un homme plein d'honneur et de délicatesse. Cependant il eut bientôt de graves sujets de plainte. Le beau M.... n'a pas l'habitude d'être fort réservé dans ses liaisons; madame de B...... qui ne croyait pas sans doute que la consolation à huisclos suffit à sa profonde douleur, jeta de son côté son bonnet par-dessus les moulins. La patience commençait à échapper à son mari, quand la bombe éclata d'une manière assez originale et surtout assez imprévue.

M. de B..... rentrait du bal, il était trois heures du matin. Il rencontra, en rentrant dans son appartement, madame de B..... enveloppée d'un grand châle, et coiffée d'un chapeau du matin que surmontait le fameux voile vert.

— Pour l'amour de Dieu, lui dit-il, ma chère, d'où venez-vous à l'heure qu'il est?

— Je ne viens de nulle part, dit la belle Marguerite, je sors.

— A trois heures du matin?

— A trois heures du matin! vous rentrez bien, vous!

— On rentre du bal à cet heure-ci, dit M. de B....., on ne sort pas. Vous me ferez le plaisir de renoncer à votre projet.

— Je vous demande pardon, dit madame de B.....; mais je sors.

— Eh bien, dit M. de B..... exaspéré à juste titre, si vous sortez ce sera pour ne plus rentrer.

— C'est bien ainsi que je l'entends, dit l'héroïne au voile vert,

Et elle fit à M. de B..... une profonde révérence et disparut, le laissant partagé entre la stupéfaction et la colère. Onc depuis, ils ne se sont revus.

Mais en voici bien d'une autre. A la suite d'une pareille algarade, on comprend facilement que les deux époux se soient séparés de corps et de biens. Rentrée dans ce qui lui appartient en propre, madame de B..... a pris en affection une terre charmante qui lui vient du chef de sa mère. Elle a pris soin de l'orner avec ce goût qu'elle apporte en toutes choses, et elle en a fait la plus délicieuse habitation du monde. Mais je vous donne en mille à deviner ce qu'elle a choyé avec le plus de prédilection. J'ai posé la question à trois de mes amis qui ne passent pas pour des imbéciles. Le premier m'a répondu : un boudoir; le second : un estaminet; le troisième : une salle d'armes ou un manége. J'ai répondu au premier qu'il n'était qu'une grosse bête, et aux deux autres qu'ils avaient de l'imagination, mais qu'ils étaient à cent lieues. Comme vous ne devineriez pas plus que mes trois amis, je vois bien qu'il faut que je vous le dise, ce que madame de B..... a soigné avec un amour tout particulier, c'est une chapelle ! ! !

Vous n'êtes pas au bout. Il a fallu mettre cette chapelle sous l'invocation d'un saint quelconque du Paradis. Je vous jure que je ne vous dis la chose qu'en tremblant, tant j'ai peur que vous ne croyiez que je me moque de vous, bien que ce soit la vérité pure : Madame de B... a érigé une belle statue à la patronne de la chapelle qui est tout bonnement la Sainte-Vierge ! *Mater purissima ! Mater cas-*

tissima! Mater inviolata! Ora pro nobis!

Les gens qui ont de l'imagination ne s'arrêtent jamais en chemin. Sur les murs de la chapelle dédiée à la *Sainte-Vierge* par la châtelaine, on a peint en lettres d'or, sur un beau fond d'azur, des versets de la *Bible*.

Et où les a-t-on pris, ces bienheureux versets? Dans le *Cantique des Cantiques!!!*

Je vous ai dit que vous n'étiez pas au bout; je vous ai gardé le dernier pour la bonne bouche. Le jour de l'inauguration de la chapelle et de la statue, madame de B... convoqua douze ecclésiastiques qui firent la cérémonie en grande pompe, et à qui on offrit un repas délicat. Nul profane n'avait été admis, à l'exception d'un seul privilégié que ses vertus, sans doute, rendaient digne de cette glorieuse distinction. Maintenant que vous êtes sur la

voie, et que vous savez jusqu'où peut aller une folle tête quand elle s'en mêle, je
n'ai pas besoin de vous dire que cet heureux mortel était le beau M. M...!

VIII.

Ne vous êtes-vous pas dit quelquefois depuis que vous tenez ce livre, ô mes charmantes lectrices, ô mes bien-aimés lecteurs, ne vous êtes-vous pas dit, après une

anecdocte qui avait eu le bonheur de vous
divertir : « Nous voudrions-bien voir comment cet auteur, qui rit de si bon cœur
des mystifications et des infortunes d'autrui, supporte les mêmes accidents quand
il lui en tombe un sur la tête. » Je comprends très-bien cette petite réflexion
quoiqu'elle ne soit pas très-charitable, et
pour vous remercier de la grâce que vous
m'avez faite de me lire jusqu'au bout, je
vais avoir l'honneur de vous servir un petit plat à votre goût, une petite histoire
dans laquelle votre serviteur très-humble
est loin de jouer le beau rôle, et qui
pourra vous donner la satisfaction de rire
un peu à ses dépens. Je crois bien, dans
un temps où je ne pensais pas encore à
écrire *les Boudoirs de Paris,* avoir trouvé
moyen de faire entrer épisodiquement
cette aventure dans un mien roman;

mais, outre qu'il est très-probable que vous n'avez pas eu le bonheur de lire le susdit roman, un roman est un roman, et *les Boudoirs de Paris* sont de l'histoire. Je m'exécute donc de bonne grâce.

J'avais vu assez souvent chez ma mère une très-jolie femme que je me permettrai de désigner par les initiales (sans conséquence comme vous le savez) de B... de V... J'avais bien remarqué madame de B... de V..., mais comme elle était nantie très-convenablement, je m'étais borné à la remarquer comme une très-jolie femme à qui l'on n'avait à reprocher qu'une santé peut-être trop florissante, mais il en faut comme cela, et elle eût été proclamée la Vénus du sérail d'Ispahan.

J'en étais donc à l'admiration quand je reçus une invitation à dîner chez une personne qui est fort liée avec madame

B... de V... On avait insisté sur l'invitation. Je m'y rendis sans aucune pensée
avantageuse, je vous le jure.

Il est bon de vous dire qu'à cette
époque, la liaison très-connue de madame B... de V... avec un jeune magistrat très-agréable commençait à se refroi-
dir. Un homme de lettres, très-fort, à ce
qu'il dit, sur le moyen âge, se lançait auprès de la belle personne, et faisait de
miraculeux efforts pour recueillir la suc-
cession qui paraissait devoir s'ouvrir pro-
chainement. Je savais tout cela, et je ne
songeais pas plus à disputer la victoire à
l'antiquaire, que je n'avais songé à enlever au magistrat la possession dont il
jouissait.

Je trouvai dans le salon de madame P...,
la belle madame B... de V... parée comme
une châsse; elle devait aller le soir à un

bal chez M. Dupin, alors président de la Chambre des députés. Je fus agréablement surpris de l'accueil charmant qu'elle me fit. Elle n'avait jamais été que polie avec moi; elle fut gracieuse. Nous causâmes avant le dîner, et quand on annonça que l'on était servi, la maîtresse de la maison m'engagea à donner le bras à ma jolie causeuse, auprès de laquelle elle me plaça à table. La chair est faible; je me mis tout à coup à me souvenir que les affaires du magistrat se gâtaient; peu m'importaient les prétentions plus ou moins justifiables de l'homme de lettres. Bref, la circonstance me parut favorable, et, à tout hasard, je fis ma cour avec assez d'empressement, me promettant bien de ne pas me pendre si je ne réussissais pas, tandis que j'avais l'expectative d'un succès possible qui

n'eût pas manqué de charme. Que ris-
quais-je, après tout ? mais vous allez voir
que j'avais compté sans mon hôte.

Mes soins furent accueillis avec une
bienveillance qui surpassait tout ce que
j'aurais pu espérer, et qui, si j'avais été
réellement amoureux, m'aurait fait tourner la cervelle. On se plaignit doucement
de ce que l'on ne me voyait jamais. Je
m'excusai sur ma sauvagerie habituelle;
on eut la bonté de me gronder.

— J'ai fait arranger un appartement
Louis XV assez joli, me dit ma charmante
voisine, il faut venir le voir.

Je ne sais rien d'aussi engageant que
les appartements rococo; je ne pus me
défendre d'un vif plaisir en entendant la
propriétaire de ce beau réduit Pompa-
dour m'inviter à le visiter. Je remerciai
comme je le devais, et en remerciant, je

me tournai légérement vers ma voisine ;
malgré moi je formai tout bas le désir
qu'elle se présentât à moi ainsi vêtue
quand j'irais visiter son merveilleux appartement Louis XV, car sa toilette de
bal était d'une bien séduisante indiscrétion.

La conversation entre madame B... de
V... et moi s'animait de plus en plus ; elle
voulut bien répondre à deux ou trois ma-
drigaux assez bêtes que je lui fis sur sa
beauté, par deux ou trois compliments du
même genre sur mon mérite. Je com-
mençais à me monter la tête pour tout de
bon, et je ne pus m'empêcher de me féli-
citer hautement du hasard qui m'avait
placé à table auprès de madame B...
de V...

— Ce n'est point le hasard, me dit-elle
résolument.

Je me bornai à m'incliner, n'osant
pas encore comprendre toute la portée de
ces bienheureuses paroles ; elle s'empressa de m'en donner une explication
qui me parut significative, et je crois, sans
fatuité, qu'il eût été difficile de l'interpréter autrement.

— Non, reprit-t-elle, ce n'est point le
hasard ; j'ai su l'autre jour par cette bonne
madame P... (la maîtresse de la maison)
que vous diniez aujourd'hui chez elle
avec madame votre mère. Je lui ai manifesté le désir d'être à ce dîner ; elle m'y a
invitée, et c'est sans doute pour cela
qu'elle m'a placée à côté de vous.

Je dois avouer que je faillis tomber à
la renverse ; j'ai eu bien des aventures
dans ma vie, mais franchement je n'avais
pas encore rencontré dans le monde une
femme qui m'eût tenu un pareil langage.

J'eus l'heureuse idée que l'on se moquait de moi ; mais le diable qui m'en voulait apparemment dans ce moment-là, mit dans les yeux de madame B... de V..., une confirmation si positive de ses discours, qu'il n'y eut pas moyen que je conservasse cette salutaire pensée. Je me rengorgeai dans mon bonheur, et tout ce que ma modestie put faire de mieux fut de se dire : elle ne veut plus du magistrat, elle ne veut pas de l'antiquaire, elle a remarqué que je la trouvais charmante, et elle veut me faire voir que je puis pousser ma pointe sans craindre d'être rebuté ; je serais un sot si je ne profitais pas d'une bonne volonté qui se laisse voir avec tant de complaisance.

J'en appelle à tous les hommes de bonne foi ; le plus modeste eût-il pu penser autrement ?

Mais je n'étais pas au bout; il ne fallait pas que dès la première soirée il me fût possible d'en réchapper. La conversation revint sur le logis de madame B... de V... Elle habitait avec son père et sa mère (elle était séparée de son mari); elle me confia négligemment que ses parents habitaient sur le devant, et qu'elle occupait au fond de la cour un petit corps de logis qui n'avait qu'un ou deux étages fort bas.

— Je suis là, me dit-elle, toute seule; c'est au point que je ne pourrais même appeler personne s'il m'arrivait quelque chose, et ajouta-t-elle en souriant, je me trouverais sans défense si quelqu'un s'introduisait chez moi; ce qui, par parenthèse, serait la chose du monde la plus facile, car mon corps de logis donne sur la petite rue... qui est fort déserte, et un homme qui monterait sur un fiacre, par exemple, s'introduirait chez moi comme il voudrait, sans être vu, et sans que je pusse appeler au secours.

Cette description topographique, parfaitement indifférente en toute autre occasion, arrivait à miracle par-dessus tout ce qui avait été dit depuis le commencement du dîner. A moins de terminer son discours par ces mots : à bon entendeur, salut, madame B... de V... ne pouvait pas, après ce qu'elle m'avait déjà dit, ajouter quelque chose de plus clair que les détails qu'elle me donnait de la manière la plus circonstanciée. Quoi qu'il en soit, je n'hésitai pas à traduire ainsi cette confidence sur les localités : « Vous « n'aurez pas à craindre, si vous me « faites la cour, d'en être pour vos frais, « car, si par des circonstances impré- « vues, la porte cochère ne pouvait s'ou-

« vrir pour vous, voilà le chemin qu'il
« faudrait prendre pour arriver jusqu'à
« moi. » Mon respect pour l'objet aimé
ne m'aveuglait pas tellement que je ne
pusse faire la réflexion que ce chemin
avait peut-être été déjà frayé par plus
d'un audacieux; je me réjouis de cette
réflexion, et j'eus même la petitesse de rire
tout seul en la faisant, parce que la pensée me vint simultanément que c'était
pour moi une garantie, et que j'étais sûr
de ne pas me casser le cou.

Comme c'est un aveu que je fais à mes
lectrices, et que je leur ai promis de les
faire rire à mes dépens, il faut bien que
je convienne que dans ce moment la modestie ne m'étouffait pas; mais encore
une fois, ô mes lecteurs, que celui d'entre
vous qui n'eût pas pris tout cela pour argent comptant, me jette la pierre.

Avant d'aller plus avant, et cette réflexion me vient à propos des lignes que
je viens d'écrire, je dois prévenir lectrices
et lecteurs, que c'était bien là de bel et
bon argent comptant ; seulement on me
le mettait devant le nez, et je ne voyais
pas qu'il était attaché à une ficelle qu'une
main perfide retirerait tout d'un coup
quand je voudrais le mettre dans ma
poche ; ou si c'était de la fausse monnaie,
je n'étais pas tout à fait l'imbécile qui ramasse un bouton de guêtre pour un louis
d'or, mais l'honnête homme qui reçoit
sans méfiance aucune la mauvaise pièce
que lui donne pour de l'or le faux mon-
noyeur avec l'intention de le tromper.

Je sortis de dîner, je ne dirai pas
amoureux, mais dans cette disposition
d'esprit et de sens que donne le désir de
posséder une très-jolie femme. Je puis

même dire que j'étais fort heureux, car cet état de désir a bien son charme, surtout lorsqu'on laisse voir à celui qui l'éprouve qu'il pourrait bien être partagé par celle qui l'inspire, ou que tout au moins il ne sera pas reçu avec cruauté.

La conversation établie pendant le dîner se prolongea dans le salon. Nous préparions alors une représentation sur le joli théâtre de société du comte Jules de Castellane; madame B... de V... manifesta le désir d'être invitée à cette soirée.

—Ma mère se fera un plaisir de vous faire avoir une invitation, lui dis-je en me dirigeant vers ma mère à qui je voulais transmettre la requête comme plus convenablement adressée qu'à moi.

—Non, dit madame B... de V... en me retenant, je veux que ce soit vous qui m'envoyiez mon invitation; ne le voulez vous pas?

A moins d'avoir dix ou quatre-vingts ans, ou d'être cul-de-jatte, bossu, ou bancal, un homme n'est jamais assez sans conséquence pour qu'on lui dise de pareilles choses quand il n'y a pas un motif pour les dire. Or, j'avais trente ans; je ne suis ni cul-de-jatte ni bancal; cette phrase, jointe au reste, me parut péremptoire. Je promis, comme on le pense bien, le bienheureux billet, et je fus remercié par un regard qui véritablement acheva de me tourner la cervelle; et je dois dire aujourd'hui que pour avoir le bonheur de voir ce regard si caressant me remercier encore, mais d'une manière moins passagère, je laisserais volontiers mon amour-propre passer sous les fourches caudines d'une nouvelle mystification.

La soirée fut complète. Le magistrat vint pendant qu'on faisait de la musique; à peine prit-on garde à lui. Un siége était vacant près de madame B... de V... Madame P... traversa le salon pour m'engager à aller l'occuper. Je retrouvai l'enchanteresse au bal de M. Dupin; elle avait juré que je n'en réchapperais pas. Elle tint son serment, car en rentrant chez moi, j'étais tout entier à ma nouvelle passion..

Entendons-nous, cependant, je ne puis dire que *j'aimais* madame B... de V..., parce que, selon moi, l'on n'aime véritablement, sauf quelques exceptions, qu'une femme avec laquelle on a eu soit des rapports physiques, soit au moins de tels rapports moraux que l'on sait à quoi s'en tenir sur cette femme; mais dans la soirée qui venait de s'écouler, il me semblait, et je ne me trompais pas, que cette charmante femme si désirable s'était pour ainsi dire offerte à moi ; or, se donner ou s'offrir c'est tout un ; et si je ne l'aimais pas encore, je sentais déjà combien j'aurais de bonheur à l'aimer.

Le lendemain, je lui écrivis une lettre brûlante ; elle n'y répondit pas. Je trouvai la chose toute naturelle ; j'en écrivis une seconde, puis une troisième : pas de réponse. M'étant engagé dans cette voie, je commençai à ne pas oser aller chez elle avant de l'avoir revue. Je m'y présentai cependant ; elle n'y était pas. Nouvelles lettres ; pas de réponse.

Le soir de la représentation de M. de Castellane arriva. Comme on le pense bien, j'avais envoyé dès le lendemain du dîner chez madame P... le billet si gracieusement demandé. Mon frère, qui était

dans mon secret, et qui était placé très-
près du théâtre, me montra à mon entrée
en scène la place qu'occupait madame B...
de V...; elle tenait sa lorgnette braquée
sur moi avec une affectation bien marquée; il est vrai que je n'étais pas troussé
d'une manière bien galante. Je jouais
dans la *Quarantaine* le rôle du doc-
teur *Lavenette*. J'avais une culotte courte,
des cheveux blancs et des rides sur le
front et sur les joues; j'étais loin de me
montrer à mon avantage. La lorgnette
n'en était pas moins braquée sur moi pendant tout le temps que j'étais en scène, et
se relevait immédiatement dès que j'en
étais sorti pour reprendre son jeu quand
je rentrais. J'étais au comble de la
joie.

Quoique je ne fusse guère plus beau
dans les deux autres rôles que je jouais

ce jour-là (1), la bienheureuse lorgnette ne cessa de m'encourager. Le lendemain je me présente chez madame B... de V... Elle était partie pour la campagne, à ce que l'on me dit. Comme nous étions encore en hiver et que je sus d'ailleurs qu'elle était à Paris, je me le tins pour dit, et me tins coi, sans cependant comprendre le mot de l'énigme.

Ce ne fut que quelque temps après que je fus mis au courant. Je ne sais pourquoi

---

[1] Un domestique ridicule dans le *Jeune Mari*, et le *Baron des Tourelles*, dans la farce du *Retour d'un Croisé*. Ce dernier rôle, si je n'avais pas eu constamment ma visière baissée, aurait pu me donner un petit air chevaleresque assez coquet, car je portais, ainsi que Woldemar Ternaux, une véritable armure de Milan, qui venait du beau musée d'armures de M. Lesueur, rue de la Chaussée d'Antin. Pas une pièce ne nous manquait; nous jouâmes, sous ce costume, deux soirées de suite, et la pièce durait une grande heure.

je m'étais fourré dans la tête que l'aimable et spirituelle femme de l'antiquaire (lequel avait décidément succédé au magistrat) était pour quelque chose dans la mystification dont j'avais été la victime. Je le lui dis un jour avec la franchise que l'on me reproche parfois et dont je ne me repens jamais. Cette fois, je dois m'applaudir doublement de celle que j'avais montrée. La charmante madame L..... me rit au nez.

— Vous êtes fou, me dit-elle, est-ce que je ne suis pas aussi mystifiée que vous?

Je fus obligé d'en convenir, madame B... de V... étant son amie.

— Je vous pardonne, ajouta-t-elle, et je vais vous apprendre ce que vous ignorez peut être ; c'est le *pourquoi* de votre aventure.

On pense bien que j'étais heureux de recevoir cette lumière.

— Voici le mot de l'énigme, reprit madame L..... On avait peur de perdre le magistrat; on n'était pas sûr d'accaparer mon mari; on trouva qu'il ne serait pas mal d'avoir à leur sacrifier à l'un ou à l'autre — peut-être à tous les deux, quelqu'un qui ne fût pas le premier venu. Vous avez été à cela à miracle. Vous pensez bien que l'on ne vous a pas pris sans informations; on a su que vous étiez ardent, écrivassier; on a dit : voilà ce qu'il me faut. On vous a fait inviter chez madame P....., que tous ces tripotages-là amusent beaucoup, vous avez été attaqué dans les formes; vous avez succombé, c'était dans l'ordre. Quand on a eu de vous ce que l'on voulait, on vous a coupé en deux et on vous a offert en sacrifice à droite et à gauche. Il paraît que le sacrifice de votre personne n'a point paru quelque chose de bien merveilleux au fugitif, puisqu'il n'en a tenu compte ; mais il a fait son effet de l'autre côté. Vous avez servi à amorcer et le poisson a mordu à l'hameçon ; cela est fort glorieux pour vous, sinon très-profitable. Comprenez-vous maintenant ?

La chose n'était pas difficile à comprendre.

— Ce que vous venez de me dire là, dis-je à madame L..... ressemble assez bien à une page des *Liaisons Dangereuses*, cela crie vengeance.

— C'est vrai, dit madame L.....

— Nous devrions nous venger, dis-je, car vous êtes aussi offensée que moi.

— Que leur faire ?

— Avez-vous lu Beaumarchais ?

— Oui, mais je l'ai oublié.

— Relisez ce soir le cinquième acte du
Mariage, dis-je en saluant madame L.....,
ma réponse est dans la bouche de Figaro,
dans la scène avec Suzanne sous les habits
de la comtesse.

Le lundi suivant, je lui demandai si elle
avait lu le cinquième acte du *Mariage de
Figaro*.

— Oui, me dit-elle avec un sourire assez moqueur.

— Eh bien ! lui dis-je, Figaro vous a-t-
il dit ma réponse ?

— Parfaitement.

— Et qu'en dites-vous ?

— Qu'il a bien de l'esprit, mais qu'il est
bien insolent.

Je m'inclinai sans répondre ; il est des
femmes auxquelles on peut se permettre
de dire qu'on les admire, mais à qui l'on

doit obéir sans insister, dès qu'elles vous font apercevoir qu'une admiration trop marquée serait regardée par elles comme une offense.

IX.

Comme vous le voyez, en fait de roueries,
notre époque ne redoit rien à ce dix-huitième siècle si corrompu. Si M. de Laclos
avait connu la petite histoire que je viens

de vous raconter, je ne fais aucun doute qu'il l'eût immortalisée en la faisant entrer dans *les Liaisons Dangereuses*. C'est grand dommage pour la gloire de madame B... de V..., que Laclos ne soit pas venu un demi-siècle plus tard. Un pauvre livre qui ne dit que des vérités est si vite oublié, que lorsque madame B... de V... sera passée à l'état de matrone (et le temps marche si vite, que le jour n'en est pas éloigné), elle se trouvera exposée à se voir saluée par une génération mal instruite avec ce banal respect sans goût et sans saveur pour les grandes âmes qui savent exécuter et concevoir les éclatantes actions dont elle est capable; inconvénient à l'abri duquel l'aurait mise un chantre plus illustre de ses exploits.

Du reste, il n'y a rien de nouveau sous le soleil. Dans l'impossibilité d'être chan-

tée par Laclos, madame B... de V... a in-
terverti les rôles, et a pris le parti de le
reproduire, ou du moins de le piller.
L'histoire de Prévau lui a paru si jolie,
qu'elle a voulu en donner une seconde
édition, considérablement affaiblie il est
vrai, mais qui a bien son mérite. Vous
allez voir.

Madame B... de V... avant sa liaison
avec le magistrat, s'était passé la fantaisie d'un très-joli garçon, officier de hussards et plein d'honneur. Il avait pris la
chose plus au sérieux que madame B...
de V... Quand notre belle philosophe eut
assez de son officier de hussards, elle s'i-
magina qu'il lui suffirait de le lui faire sentir, ou même de le lui dire ; mais le
pauvre garçon ne voulut pas entendre
parler de séparation ; il aimait madame
B... de V..., et, selon l'expression d'une

autre charmante philosophe de nos jours,
il ne sut pas se laisser quitter. Madame B...
de V..., qui avait peut-être d'autres vues
ou qui en avait réellement assez, trouva
très-mauvais que son amant eût la prétention de ne pas être quitté comme une
paire de souliers qui a fait son temps, et
résolut de lui donner un congé sans appel et sans raccommodement possible.
Elle feignit donc de prendre son parti sur
les exigences de l'officier, et ne lui cacha
pas qu'elle allait passer quinze jours ou
un mois chez une de leurs connaissances
communes, bien sûre que l'amoureux
jeune homme ne manquerait pas de l'y re-
joindre. Il ne pouvait en être autrement.
Quatre jours après l'arrivée de madame
B... de V... au château de..., arriva à
cheval le beau M. D... (le château de...
n'est qu'à une dizaine de lieues de Paris).

On lui fit de grandes instances pour le garder au château ; il se fit prier pour la forme, et finit par se laisser installer, à sa grande joie, parmi les hôtes de la châtelaine.

Dès le lendemain il pensa tomber de sa hauteur quand il retrouva à madame B... de V... ces prétentions de rupture auxquelles elle paraissait avoir renoncé. Le pauvre garçon pleura, pria, supplia comme un véritable amoureux qu'il était : tout fut inutile. La vertu de madame B... de V... fut inébranlable, et sauf le stérile bonheur de vivre aux lieux où vivait sa belle, et de respirer l'air qu'elle respirait, l'infortuné D... ne profitait pas plus de la cohabitation que s'il eût eu affaire à une vestale première qualité.

Pour amoureux que soit un officier de

hussards, il est homme et officier de hussards.

— Par ma dragonne! se dit enfin M. D.., je ne serai pas venu ici pour filer le parfait amour, et pour soupirer, comme un Corydon, ma douleur sur tous les tons de la pastorale! Si je ne savais pas à quoi m'en tenir sur cette vertu de nouvelle date, je garderais peut-être quelques ménagements! mais quand on en est, ou qu'on en a été au point où nous en avons été, moi et madame B... de V..., ce serait une double niaiserie de la prendre au mot. Ce sera lui rendre service. Je ne veux pas en être pour mes frais.

En conséquence, il prit son temps, choisit un moment où la femme de chambre, éloignée peut-être par lui à l'aide de ces séductions qui ont toujours eu tant de poids auprès des femmes de chambre, n'était pas dans l'appartement de la belle capricieuse, et il entra plutôt en conquérant qui vient faire valoir des droits incontestables, qu'en suppliant qui réclame une faveur souhaitée. L'heure, du reste, n'était pas indue; il était dix heures du matin.

Madame B... de V... qui avait son plan fait, et qui s'attendait sans doute à ce que D... ferait tôt ou tard cette démarche, fut charmée de le voir s'exécuter. Elle ne laissa pas toutefois de jouer la surprise et le courroux.

— Quelle imprudence! s'écria-t-elle, êtes-vous fou, monsieur! que dirait-on si l'on vous trouvait chez moi? Je vous l'ordonne, monsieur! laissez-moi! sortez!

— Avec votre permission, répondit tranquillement M. D..., je ne sortirai que quand je vous aurai dit ce que j'ai à vous

dire. Personne ne viendra nous inter-
rompre, ces dames s'habillent, et j'aime
à croire que ces messieurs n'ont pas leurs
entrées dans votre appartement, puisque
ma présence, à moi, paraît vous effrayer;
nous n'avons donc rien à craindre sous ce
rapport. Votre toilette est terminée, votre
femme de chambre ne viendra donc pas
nous déranger; d'ailleurs, ce ne serait
pas la première fois qu'elle me verrait
chez vous, n'est-il pas vrai? Vous voyez
donc bien que vous pouvez me donner
audience.

— Que voulez-vous donc? reprit madame B... de V... qui n'avait fait que pour
la forme sa première exclamation.

— Je veux, continua le pauvre D...,
que vous me disiez pourquoi vous vous
conduisez à mon égard d'une si étrange
façon. Je veux en outre que vous mettiez

un terme à cette manière d'être, et que vous ayez la bonté de me laisser profiter, en vous voyant autrement que devant vingt-cinq personnes, d'une réunion qui est votre ouvrage, puisque c'est vous-même qui m'avez appris que vous veniez passer un mois dans ce château. Je vous aime tendrement; vous m'avez rendu, pendant un temps trop court, le plus heureux des hommes; je n'ai pas cessé d'être pour vous ce que j'ai été dès le principe, c'est-à-dire un amant dévoué et discret; pourquoi cesseriez-vous d'être pour moi ce que vous étiez naguères? Ne m'aimez-vous plus? Je ne puis le croire, moi qui vous aime de toute mon âme, qui ai à peine eu le temps de savoir près de vous ce que c'était que le bonheur, et qui n'ai rien fait pour mériter d'être traité avec cette rigueur.

— Mais, dit madame B... de V... avec une charmante modestie, nous sommes ici entourés d'observateurs; vous ne craignez donc pas de me compromettre?

M. D..., qui est homme de goût et d'esprit, s'abstint de faire remarquer à son interlocutrice ce qu'il pouvait y avoir de singulier dans cette crainte si nouvelle chez elle. Il se contenta de lui dire qu'elle pouvait assez compter sur lui pour être sûre et de sa discrétion et du soin qu'il mettrait à n'agir qu'avec la plus grande prudence.

Madame B... de V..., qui le voyait entrer dans la voie où elle avait voulu l'amener, commença à se défendre du reproche d'indifférence que lui avait adressé l'officier de hussards. Elle s'attendrit, et cette émotion faillit compromettre le succès de sa ruse, car le pauvre M. D...,

transporté de joie, et impatient sans doute
de réparer le temps perdu, lui baisait les
mains avec ardeur, et allait très-proba-
blement mettre à profit d'une manière
non équivoque le retour de bonne volonté
de sa maîtresse, lorsque — *heureusement !*
— on sonna la cloche du déjeuner.

Madame B... de V..., pressée dans ses
retranchements, aurait infailliblement
succombé, d'autant que cet incident, tout
passager, n'aurait, après tout, pu empêcher la réussite de ce qu'elle méditait :
en y réfléchissant même, il est probable
qu'elle ne fit qu'une très-molle résistance ;
c'était un rapprochement de plus avec
l'épisode de Prévau, dont elle paraissait
s'être inspirée dans cette occasion. Quoi
qu'il en soit, heureuse ou mécontente de
l'intervention de la cloche, elle en profita
pour se dérober à la manifestation de la

joie de M. D...; mais la réconciliation était faite, il ne fallait à ce raccommodement que la signature. M. D... ne consentit à se retirer que sur la promesse positive que rien ne manquerait bientôt à la ratification du traité de paix.

— Quand vous reverrai-je, dit-il à madame B... de V...?

— Quand vous voudrez, dit timidement la belle personne; ce soir.....

— Ce soir! dit l'amoureux officier, soit!

— Mais, quoi que vous en disiez, ajouta perfidement madame B... de V..., je redoute une imprudence de votre part; voudrez vous faire ce que je vous ordonnerai?

D... l'assura de son obéissance.

— Eh bien! reprit-elle, ce soir, retirez-vous de bonne heure; glissez-vous dans mon appartement ; mais comme il vient ici des domestiques du château et que l'on pourrait vous surprendre, consentez à ce que j'exige de vous : cachez-vous sous mon lit : je ne tarderai pas à venir vous délivrer, et à vous prouver si je vous aime.

M. D..., au comble du bonheur, lui jura qu'il se mettrait dans une bouteille pour lui prouver sa soumission et son amour ; il prit un petit ou un gros baiser d'à-compte, et il descendit léger comme un oiseau retrouver la société assemblée pour le déjeuner.

Il fut toute la journée d'une gaîté charmante. Il n'y a rien de si aimable qu'un homme qui attend le bonheur avec certitude. Lorsque l'on fait des vers à

sa maîtresse, on ne manque pas de lui
dire :

Quand on attend sa belle,

Que l'attente est cruelle !

c'est dans l'ordre ! cependant cette attente
ne manque pas d'un certain charme ; on
respire avec liberté ; on voit s'écouler avec
calme et tranquillité le temps qui nous
sépare de l'instant du bonheur, car on
sait que c'est le bonheur qu'il amène ; ce
n'est que dans les deux ou trois dernières
heures que l'impatience commence à nous
agiter. Toute notre vie se passe ainsi ;
enfants, ce n'est qu'à la fin de juillet que
nous croyons voir la pendule s'arrêter
quand nous songeons aux vacances ; ce
n'est qu'à Noël que les huit jours qui nous
séparent du jour de l'an nous semblent
plus longs que ne nous a paru longue l'an-

née qui vient de s'écouler. Hommes, il en est de même : une journée qui doit finir par un rendez-vous d'amour passe vite ; ce n'est que lorsqu'il n'y a plus que deux ou trois heures à attendre qu'il nous semble qu'il y ait encore deux ou trois siècles.

Après le dîner donc, M. D... commença à désespérer de voir la fin de cette journée dont les trois premiers quarts s'étaient écoulés sans qu'il y songeât. Il regardait sans cesse à sa montre pour voir si l'heure approchait où il pourrait s'esquiver sans faire scandale. Enfin, n'y tenant plus, il prétexta une migraine subite et prit congé de la compagnie.

Madame B... de V..., qui avait été toute la journée d'une réserve étudiée, commença au contraire, après le départ de M. D..., à se livrer à la gaîté la plus folle ; elle a beaucoup d'esprit ; il lui fut facile de donner à la conversation la direction qui lui convint. Bientôt la causerie fut générale, et l'on se mit à raconter des histoires de voleurs et de revenants.

On sait ce que c'est que ce genre d'histoire. Fût-on deux cents personnes dans une chambre, et surtout à la campagne, il faut que chacun enchérisse sur le dernier conte ; tout le monde a à raconter une histoire qui surpasse toutes les autres, et les auditeurs avalent avec avidité des contes à dormir debout qu'ils ont déjà entendus vingt fois.

La société réunie au château de ... ce soir-là, ne fit pas exception à la règle. Tout le monde y mit du sien, et il était deux heures du matin quand une petite femme blonde, qui n'aurait pas été fâchée que D..., cherchât près d'elle des consolations, s'avisa de dire d'une petite voix traînante :

— M. D... a bien mal fait de s'en aller, il se serait bien amusé ce soir !

Madame B... de V... dut tressaillir des pieds à la tête ; mais, maîtresse d'elle-même, elle ne fit rien paraître, et se borna à s'écrier d'un ton plein de bonhomie :

— Oh ! mon Dieu ! il est deux heures !

Cette observation, d'un intérêt plus général que celui de la petite femme blonde, produisit plus d'effet. Tout le monde avait eu son tour ; on se leva et chacun se disposa à aller se coucher.

— Ah mon Dieu ! fit naïvement madame B... de V..., avec vos vilaines histoires de voleurs et de revenants, vous m'avez fait une telle peur, que je n'oserai jamais traverser toute seule le corridor.

— Nous vous accompagnerons, lui dit-on de toutes parts.

—Tous? hasarda l'héritière de madame de Merteuil.

Ce *tous* était d'un effet sûr; à la campagne on ne demande pas mieux que de trouver quelque chose qui fasse événement. C'était une bonne fortune que cette conduite faite en masse à la craintive madame B... de V...; un cri général répondit à l'interrogation de la belle peureuse :

— Tous! dirent les habitants du château d'une voix unanime.

Voilà donc le corps d'armée en marche. Madame B... de V..., l'air bien effrayé, s'était mise au centre, et ne pénétra dans sa chambre que lorsqu'elle fut bien sûre que pas un des convives ne manquait à l'appel. On lui souhaita le bonsoir, et, comme on se disposait à la laisser dormir en paix :

—Vous allez vous moquer de moi, dit-elle ; mais je mourrai de peur quand vous serez partis, si vous ne visitez tous les coins de mon appartement.

On se prêta de la meilleure grâce du monde à cette nouvelle exigence. La visite commença donc au milieu de la gaîté générale ; mais tout à coup les éclats de rire furent interrompus par la voix d'un des chercheurs, qui, en passant son bras sous le lit, avait attrapé la botte de ce pauvre M. D...

— Diable, criait le monsieur en tirant de toutes ses forces la jambe de l'officier, il paraît que l'idée n'était pas mauvaise ! voilà du gibier.

La consternation était générale. Madame B... de V... était tombée sur une chaise en criant :

— Au voleur ! au voleur !

Cependant on n'avait pas eu beaucoup de peine à faire sortir M. D... de sa cachette ; se voyant pris, il y avait mis de la bonne volonté, et, tout honteux, avait paru aux yeux de l'assemblée.

— Ce n'est pas un voleur ! s'écria celui qui l'avait trouvé.

— C'est M. D..., s'écria toute la société.

La position était intolérable. Madame B... de V... avait pris le parti de se trouver mal pour esquiver l'explication. Il n'y avait pour M. D... que deux choses à faire : ou marcher droit à cette femme, et lui dire : vous êtes une misérable ! puis raconter hautement la vérité ; — ou profiter de la stupeur dans laquelle son apparition avait jeté l'assemblée, et s'esquiver sans rien dire, laissant chacun interpréter le fait comme il l'entendrait.

Le premier parti, qui était, suivant moi, le meilleur, exigeait une grande présence d'esprit, et tout le monde conviendra qu'il était bien permis à M. D... d'être quelque peu troublé dans un pareil moment; en second lieu, il fallait réfléchir que l'infortuné pouvait bien ne pas se rendre compte très-clairement de ce qui se passait. Peut-être la demande de madame B... de V..., relativement aux recherches, avait-elle été faite par elle dans la chambre qui précédait la chambre à coucher, et d'une voix tellement basse, que, de sa retraite assez gênante, M. D... n'eût pu entendre un seul mot. Dans ce cas, il devait s'abstenir de faire du scandale, parce qu'il devait croire que ce qui arrivait était indépendant de la volonté de madame B... de V..., et qu'en pareille circonstance un homme de cœur n'hésite pas entre le ridicule pour lui ou le déshonneur pour sa maîtresse, quelque légère qu'ait pu être la conduite de celle-ci pendant tout le reste de sa vie.

On comprend donc très-bien que ce soit le dernier parti qu'ait pris M. D... Il traversa la foule stupéfaite, descendit droit à l'écurie sans aller à son appartement, sella lui-même son cheval et partit à l'instant même pour Paris à franc étrier.

Il ne tarda pas à être au fait de la vérité, et il est probable que s'il prit une haute idée de l'imagination de madame B... de V..., il ne conserva qu'un souvenir assez peu flatteur de sa personne et de son caractère.

X.

SOMMAIRE. — Autres temps, autres mœurs. — C'EST UN DOUBLE PLAISIR DE TROMPER UN TROMPEUR, proverbe.

Autrefois Turcaret avait beau regorger d'argent, quand il tombait sous la coupe d'un facétieux et impertinent marquis le marquis ne se gênait pas pour railler mons Turcaret qui s'en consolait proba- blement en faisant sa caisse, mais qui

n'en avalait pas moins la pilule sans sour-
ciller. Aujourd'hui, il n'en va pas tout à
fait de même: les gens d'esprit peuvent bien
se moquer plus ou moins des sottises dont
les Turcarets de notre époque ne sont pas
plus avares que ceux du siècle passé, mais
il est tout à fait passé de mode de gouailler
en face les gens de finance: cela vient peut-
être de ce que, dans un temps où l'argent
est une puissance, le premier venu peut
être marquis impunément, tandis que n'a
pas de l'argent qui veut; quoi qu'il en soit,
il arrive parfois de nos jours que quelques financiers vengent les déboires de
Turcaret sur des gens qui sont plus ou
moins marquis. Voici une petite anecdote
toute récente où les rieurs n'ont pas été
pour *Le Lion* qui avait cependant bien
compté les avoir de son côté.

Marivaux fait toutes ses pièces avec

des personnages qui s'appellent invaria-
blement *le Comte, le Marquis, la Comtesse,
Lisette;* nous adopterons cette méthode
pour l'histoire que nous allons raconter,
attendu que les vingt-cinq lettres de l'al-
phabet ne sont pas suffisantes pour fournir une initiale qui ne puisse s'appliquer
à personne, et que, comme mon histoire
est d'hier, il pourrait ne pas être agréable à qui que ce fût de se la voir attri-
buer.

Comme il faut toujours être équitable,
reconnaissons qu'il se pourrait bien aussi
qu'une des causes qui donnent parfois
aujourd'hui l'avantage dans telle ou telle
circonstance aux gens de finance sur les
gens d'un autre monde, c'est que je sais
tel homme de finance qui en prêtant son
argent à M. le Marquis ou M. le Comte un
tel, serait parfaitement en fonds, si la

chose se détachait comme un coupon de registre à souche, pour lui prêter aussi de l'esprit dont l'emprunteur n'aurait pas moins besoin que de billets de banque.

Donc voici mon conte. Voulez-vous que je vous épargne les récits, les *dit-il, répondit-elle,* et que je vous serve cela en façon de *saynète?* Cela me va assez; et si la chose ne vous convient pas, il ne faut pas m'en vouloir, car cette fantaisie m'arrivant à la fin du dernier volume vous pouvez être bien assurés que je ne récidiverai pas.

Je ne vois pas d'inconvénient à donner pour titre à ce petit proverbe ce vers du bon La Fontaine qui résume parfaitement la moralité de l'anecdote, si moralité il y a :

C'est un double plaisir de tromper un trompeur,
(PROVERBE).

Personnages. — LE COMTE, LA COMTESSE, LE FINANCIER, UN RAT DE L'OPÉRA, CÉLINE, UN DIRECTEUR.

SCÈNE Iʳᵉ
(*Une loge aux Italiens.*)

LA COMTESSE, LE FINANCIER.

LA COMTESSE.

Mon Dieu! je ne suis pas plus prude qu'une autre; mais je sais ce que j'ai à faire. C'est bien assez de ne pas trouver en ménage ce que l'on avait été en droit d'espérer y rencontrer, le bonheur intérieur; c'est un affreux paradoxe que de croire que le désordre comble le vide fait par l'indifférence. J'ai des idées arrêtées là-dessus, et ce ne sera pas vous, avec vos trente-cinq ans, que je croirai préférablement à ma conscience.

LE FINANCIER.

Alors ce sera un autre.

LA COMTESSE.

Si vous ne saviez pas que de vous à moi le mot est cruel, il serait impertinent.

LE FINANCIER.

Pourquoi dites-vous des choses de l'autre monde ?

LA COMTESSE.

Je vous ai dit cent fois que vous étiez fou.

LE FINANCIER.

Ce n'est pas ma faute, c'est la vôtre ; ce n'est pas généreux de se vanter du mal que l'on a fait, et de ne vouloir pas y porter remède.

LA COMTESSE.

Quand on demande l'impossible.

LE FINANCIER.

Demander l'impossible, c'est demander

de l'amour à une femme qui a un amant,
ou un mari qui l'aime de toute son âme et
à qui elle le rend de tout son cœur; ou
bien encore à une femme que l'on sait
franche et qui vous dit sans colère et sans
affectation que vous lui déplaisez infini-
ment. Est-ce que vous et moi nous sommes dans aucune de ces positions? Je vous
demande de l'amour; qu'y a-t-il là d'impossible? vous n'avez pas d'amant; votre
mari vous aime tout juste assez pour ne
pas vous détester; vous savez ce qu'il
vaut; vous m'avez avoué que je ne vous
inspirais pas une haine invincible. Où donc
est cette grande impossibilité?

LA COMTESSE.

Tenez, voulez-vous que je vous fasse
une profession de foi de la manière la
plus large : Une femme que son mari
trompe a, selon moi, le droit de faire ce

que bon lui semble ; une femme pour laquelle son mari est ce qu'il doit être, est
digne du mépris de tous les honnêtes
gens si elle se permet de s'écarter de la
ligne du devoir.

LE FINANCIER.

Eh bien ?

LA COMTESSE.

Eh bien ! depuis six ans que je suis
mariée, le comte qui n'a jamais eu pour
moi un empressement que j'aurais peut-
être aimé à trouver dans mon mari, n'a
jamais cessé de se tenir dans une réserve
parfaite. Et bien lui en a pris, car je l'estime, et cette estime m'a préservée et me
préservera toujours de toute sottise.

LE FINANCIER.

De sorte que...

LA COMTESSE, *l'interrompant.*

Pour l'amour de Dieu, laissons cela ;

avec vos *de sorte que*, vous me feriez dire
des choses par-dessus les maisons. Tenez;
voilà la Grisi qui va chanter. Faites-moi
la grâce de me permettre de l'entendre.

SCÈNE II.

(Chez le Rat de l'Opéra.)

LE FINANCIER, LE RAT.

LE RAT.

Où avez-vous passé la soirée?

LE FINANCIER.

Aux Italiens. Dans la loge de la comtesse.

LE RAT.

Cette comtesse-là, si j'étais jalouse, fi-
nirait par me mettre martel en tête (*Une
pause*). Ah! ah! ah! ah! ah! ah!

LE FINANCIER.

De quoi ris-tu?

LE RAT.

Connaissez-vous cette écriture-là ?

LE FINANCIER.

Il me semble que oui.

LE RAT.

Et cette signature-là ?

LE FINANCIER.

Le comte !... Donne-moi cette lettre.

LE RAT.

Est-ce que vous êtes jaloux? Si j'avais fait quelque chose de mal, est-ce que je vous l'aurais montrée?

LE FINANCIER, *préoccupé.*

C'est le ciel qui me l'envoie ! — Il lit :
« Charmante Amanda, si vous ne vouliez
« pas être tout à fait bonne pour moi, il
« ne fallait pas me permettre de vous
« rendre visite. Je ne puis vivre sans vous
« désormais; ordonnez et vous serez
« obéie. *Rien ne me coûtera* pour vous

« prouver à quel point je vous aime. »
— Et qu'as-tu répondu ?

LE RAT.

Rien encore.

LE FINANCIER, *souriant, à part.*

Elle hésitait ! Cette hésitation d'un rat
est héroïque. (*Haut.*) Mets-toi là et écris :

LE RAT.

Écrivez vous-même.

LE FINANCIER.

Non, il faut que ce soit toi.

LE RAT, *appelant.*

Céline ! — une écritoire.

(*Entre* CÉLINE *avec une plume, une feuille
de papier et une écritoire. Le Rat lui cède sa
place près de la table, et Céline s'y étant assise, se dispose gravement à écrire.*)

LE FINANCIER, *au Rat.*

Eh bien ?...

LE RAT.

Eh bien ! Céline vous attend.

LE FINANCIER, *souriant.*

Ah ! très-bien. (*Dictant.*) — Monsieur le
comte. — Que diable vais-je lui dire ? —
(*Il cherche en silence.*) Comment lui tour-
nerais-tu cela, si tu voulais lui donner à
entendre que tu ne céderas que dans une
vue d'intérêt ?

LE RAT, *ne comprenant pas très-bien.*

Mais...

LE FINANCIER.

Ne crains rien ; c'est une plaisanterie.
Je connais ta fidélité, et tu auras le meuble
que tu m'as demandé la semaine dernière :
Voyons, comment lui dirais-tu ce que je
te demandais ?

LE RAT.

Céline !...

(*Céline se met à écrire, et, au bout de deux*

minutes, tend au Financier la feuille de papier.)

LE FINANCIER, *lisant.*

« Monsieur le Comte, votre lettre de ce
« matin m'a fait un grand plaisir, vû que
« vous m'aimez, et beaucoup d'honneur ;
« et en même temps, j'ai été bien fâ-
« chée de ce que je ne pourrai vous re-
« cevoir demain à midi, vû que je suis
« obligée de sortir pour me procurer
« quatre mille francs pour que l'on ne
« saisisse pas mes meubles, vû que j'ai
« répondu pour une amie.

« Je vous salue, AMANDA. »

LE FINANCIER, *stupéfait.*

Et tu crois qu'avec cela ?...

LE RAT, *naïvement.*

Dame ! c'est comme cela qu'on les écrit
toujours ; pas vrai, Céline ?

CÉLINE, *gravement*.

C'est la manière.

LE FINANCIER, *souriant de plus en plus*.

Puisque c'est la manière, voilà qui est bien. Cachetez cela, mon enfant.—Bon—mettez l'adresse — donnez-moi cela. Je me charge de la faire remettre. (*Il se lève.*)

LE RAT.

Vous vous en allez?

LE FINANCIER.

Oui, une affaire... — Écoute-moi, si le comte vient demain, tu le recevras, mais en tout bien tout honneur; — ton avenir dépend de ton obéissance : — il te donnera ce que tu demandes — prends-le — promets si tu veux — mais n'accorde rien. — Demain je te donnerai de nouvelles instructions.—Rappelle-toi que je saurai la vérité. (*Il sort.*)

CÉLINE.

Madame, si le comte vient faudra-t-il le recevoir?

LE RAT.

Sans doute, puisqu'on l'a dit.

CÉLINE.

Et ferez-vous tout le reste comme on a dit?

LE RAT.

Sans doute, puisqu'on m'a promis mon meuble.

CÉLINE.

Ah! oui!... c'est que ça aurait fait deux.

LE RAT.

Tu as raison; nous verrons cela.

SCÈNE III.

(Chez le Financier.)

LE FINANCIER *seul, il rentre.*

Enfin!... (*Il se jette dans une bergère.*)

Elle est ravissante, cette chère comtesse!
Comme elle a été étonnée à l'aspect de la
fatale lettre! — « Je ne l'aimais pas! —
je le méprise! » Charmantes paroles pour
un amant! et quand de ces jolies lèvres ont
été tombées ces foudroyantes paroles,
comme ces lèvres de rose ont eu peu de
peine à en prononcer de plus tendres qui
s'adressaient à moi! que de bonheur j'ai
éprouvé en voyant tomber un à un ces
scrupules très-sincères de la femme qui
se croyait enchaînée par les bons procé-
dés et qui se dégage peu à peu de ces en-
traves que l'indifférence rendait lourdes
et gênantes! En un instant la nature a re-
pris ses droits; cette charmante femme,
qui depuis un an n'osait pas m'aimer,
semblait ne pouvoir m'aimer assez vite
depuis qu'elle savait en avoir le droit!
Quelle douce et enivrante chose que cet

empressement à réparer le temps perdu!
— Je suis bien heureux que le comte ait
eu envie de ce pauvre rat d'Amanda — et
de n'avoir pas donné huit jours plus tôt
à Amanda le meuble que je lui ai promis.
— (*Une pause.*) — C'est une bizarre chose
que le cœur de l'homme : je viens de
prendre à cet homme sa femme qui est
une femme adorable, sa femme légitime
dont, quoiqu'il ne l'aime pas, la faute le
rendrait très-malheureux; et je ne veux
pas qu'il ramasse cette petite fille dont je
ne me suis jamais soucié, que j'avais prise
plutôt par ton que par goût! D'où vient
cela? Je n'en sais rien, mais le fait est po-
sitif. (*Entre le Comte.*)

LE FINANCIER.

Eh! bonjour, mon très-cher! quel bon
vent vous amène par ici?

LE COMTE.

Je viens vous demander un service.

LE FINANCIER.

C'est fait. — De quoi s'agit-il?

LE COMTE.

J'ai besoin de dix mille francs. Les avez-vous à ma disposition?

LE FINANCIER, *ouvrant un tiroir, prend un portefeuille, en tire dix billets de mille francs et les donne au Comte.*

Les voilà.

LE COMTE.

On n'est pas plus aimable; vous me rendez un vrai service.

LE FINANCIER.

Un *banquo* au lansquenet?

LE COMTE.

Oh! mon Dieu! non.

LE FINANCIER.

Un pari à Chantilly?

LE COMTE.

Je ne parie plus. J'en ai assez.

LE FINANCIER.

Est-ce que vous donneriez dans les affaires de Bourse? Les *Bordeaux* ont amené
de grandes crises, il faut prendre garde.

LE COMTE.

Si je jouais à la Bourse, est-ce que ce ne
serait pas vous qui seriez chargé de tout
cela? — Je vais vous faire une confidence
— c'est pour une sottise.

LE FINANCIER.

Bah! pas possible.

LE COMTE.

Rien n'est plus vrai. — Une petite fille
ravissante, *un Rat* de l'Académie Royale.

LE FINANCIER.

En vérité?

LE COMTE.

Parole d'honneur! — Elle m'aime beaucoup; mais un galant homme doit faire bien les choses. Il paraît qu'elle a un *bienfaiteur*, comme elles appellent cela; je tiens la chose d'une certaine camériste qui est une vraie soubrette de comédie; j'ai obtenu qu'il serait congédié dans les formes, et pour dédommager la pauvre enfant, je suis bien aise de lui donner une dizaine de mille francs.

LE FINANCIER.

Que vous êtes venu m'emprunter?

LE COMTE.

Précisément. Vous voyez bien que c'est une sottise; mais, après tout, je ne joue pas, je ne parie plus, je puis bien me passer cette fantaisie.

LE FINANCIER.

Est-ce que vous avez besoin de vous justifier ? Vis-à-vis de moi !... Mais est-ce que je ne sais pas ce que c'est que la vie !

LE COMTE.

Vous devriez prendre une maîtresse, mon cher ; nous ferions à la campagne de petites parties carrées.

LE FINANCIER.

J'y songerai. (*Le comte sort.*) Depuis que cet homme est entré, il a été convaincu qu'il se moquait de moi : c'est à ne pas le croire ! Un homme dont je viens de prendre la femme, et qui se croit bien fort parce qu'il vient m'emprunter de l'argent pour me souffler ma maîtresse ! il croit avoir fait un coup de maître-roué avec sa demi-confidence dans le genre de celles d'*Horace*, de l'*École des Femmes !* Eh bien, par Dieu ! il ne l'aura pas. — (*Il sort.*)

SCÈNE IV.

(Le cabinet d'un Directeur.)

LE FINANCIER, LE DIRECTEUR.

LE FINANCIER.

Mon cher directeur, je viens vous demander un service.

LE DIRECTEUR.

Vous savez bien que je suis tout à vous.

LE FINANCIER.

Veuillez avoir la bonté de me confier pour vingt-quatre heures l'engagement d'Amanda; en cas de rupture, s'il y a dédit, je le paierai.

LE DIRECTEUR.

C'est à merveille; oui, je crois qu'il y a un petit dédit. —10,000 francs. —Une bagatelle.

LE FINANCIER.

Voulez-vous que je vous les dépose?

LE DIRECTEUR.

Vous plaisantez! au revoir.

SCÈNE V.

(Chez le Rat).

LE FINANCIER, *devant la porte cochère.*

(Il s'arrête.) Voyons ; recordons-nous un peu. — Voilà l'engagement d'Amanda. — Bon. — Cela ? — C'est le coupon de la loge où je dois mener cette nuit la comtesse au bal de l'Opéra. — Ceci ? — C'est la facture acquittée du meuble en question. — Il ne manque rien. — Il est dix heures. — Je puis entrer. *(Il entre.)*

(Dans l'appartement.)

LE FINANCIER, LE RAT.

LE FINANCIER.

Asseyez-vous, et écoutez-moi.

LE RAT, *à part.*

Il a su quelque chose.

LE FINANCIER.

Qui vous a fait entrer à l'Opéra ?

LE RAT, *les yeux baissés.*

C'est vous, monsieur! et ma reconnaissance...

LE FINANCIER.

Croyez-vous que je puisse vous en faire
sortir?

LE RAT, *ému.*

Monsieur!...

LE FINANCIER.

Voici votre engagement.....

LE RAT, *fondant en larmes.*

Monsieur!... Je vous jure.....

LE FINANCIER.

Ne pleurez pas ; — écoutez-moi jusqu'à
la fin. — Vous voyez que vous êtes dans
ma dépendance. Je vous ai toujours traitée généreusement. Votre engagement
subsistera ; je ferai même augmenter vos

appointements. — Vous m'avez demandé un meuble, en voici la facture acquittée; je crois même y avoir fait ajouter quelque chose que vous n'aviez peut-être pas osé me demander. — Les faits ainsi posés, voulez-vous m'obéir aveuglément.

LE RAT, *oppressé par la joie.*

Ah! Monsieur! Je suis à vous, à vous pour la vie !

LE FINANCIER, *souriant.*

Ce n'est pas de cela qu'il s'agit. Vous avez espéré me tromper, et vous avez donné rendez-vous au comte pour cette nuit.

LE RAT.

Monsieur! je vous jure que l'on vous a trompé.

LE FINANCIER, *impassible.*

Ne jurez pas! Il vous a envoyé il y a deux heures dix mille francs que je lui ai prêtés il y a quatre heures. Vous pouvez les garder, je vous les donne ; je lui remettrai quittance, à condition que vous m'obéirez.

LE RAT, *d'un air soumis et résigné, après avoir vainement cherché à deviner ce que l'on attend de sa complaisance.*

Ordonnez, Monsieur ! Je suis à vous !

LE FINANCIER.

Vous allez attendre le comte, vous le recevrez poliment. Je me charge du reste. *(On entend sonner à la porte de l'appartement).* Allez ouvrir vous-même ; Céline me trahirait. *(Il sort avec Céline.)*

(Entre le COMTE, *introduit par le* RAT.*)*

LE COMTE.

Vous êtes seule, ma charmante ?

LE RAT, *troublé.*

Oui... Céline...

LE COMTE, *l'embrassant.*

Vous êtes adorable... eh! quoi! vous me repoussez?.... Ne m'attendiez vous pas?

LE RAT, *de plus en plus troublé.*

Pardon..... M. le Comte..... mais je crains.....

LE COMTE.

Allons donc! — Allons donc! — est-ce que l'on reçoit ainsi ses amis? (*Il lui prend la taille. La porte s'ouvre et paraît le financier.*)

LE FINANCIER.

Ah! Monsieur le Comte! quel heureux hasard...

LE COMTE, *stupéfait.*

En vérité... je ne savais pas.

LE FINANCIER, *très-calme.*

Tenez, mon cher comte, ne jouons pas la comédie; vous avez voulu me souffler la petite, c'est assez naturel; vous n'avez pas réussi, il n'y a pas de quoi vous désespérer, il ne manque pas de jolies femmes à qui vous ferez beaucoup d'honneur en leur adressant vos hommages. Mais comme il n'est pas juste que vous payiez mes maîtresses, voici la quittance de ce que je vous ai prêté, plus trois mille francs dont vous aviez eu la bonté de vous dessaisir pour éviter à cette pauvre enfant le désagrément d'une saisie. Vous voyez que je ne vous fais pas payer les frais de la guerre.

LE COMTE, *avec un rire forcé.*

Vous êtes de première force, mon cher ami; je vous cède la place.

LE FINANCIER.

Et votre quittance? et vos trois mille francs? vous les oubliez?

LE COMTE.

Grand merci; au plaisir de vous revoir.
(*Il sort.*)

LE FINANCIER.

Le voilà parti. Adieu, mon enfant; vous avez bien gagné tout ce que je vous ai promis, gardez-le; voilà votre engagement, la facture de votre meuble. Si vous avez besoin de moi, adressez-vous à moi sans crainte, quoique je renonce au plaisir de vous revoir. Je vous serai toujours utile quand j'en trouverai l'occasion, et je vous rends votre liberté. (*Il sort.* LE RAT *lui fait une profonde révérence qui se termine par une pirouette assez risquée, au moment où la porte de l'appartement se referme sur le financier.*)

SCÈNE VI.

(Une loge au bal de l'Opéra).

LA COMTESSE, LE FINANCIER.

LA COMTESSE.

Non, mon ami, je n'ai pas de remords; car, dans ce moment, n'est-il pas, lui, auprès de cette fille?

LE FINANCIER.

Peut-être; mais s'il n'y est pas, je vous jure que ce n'est pas sa faute.

La comtesse et le financier avaient tous deux le droit de dire que :

C'EST DOUBLE PLAISIR DE TROMPER UN TROMPEUR.

XI.

POST-SCRIPTUM.

Adieu, lecteurs, et vous mes belles lectrices, adieu ; ou plutôt, je vous l'ai dit
déjà, ou plutôt au revoir, belles lectrices !
chers lecteurs !

Je ne vous demande pas si ce livre vous
a beaucoup édifiés ; il est probable que
vous n'y cherchiez pas la moralité qui ne

laisse pas de s'y trouver quand on sait la découvrir ; mais j'avoue humblement que je n'ai point écrit ces pages pour vous former *l'esprit et le cœur*. Mon principal but, je le confesse, a été de vous désennuyer un peu ; ai-je réussi ? C'est ce que me dira mon éditeur dans quelque temps.

Ah ! que n'ai-je eu la bride sur le cou ! que ne m'a-t-il été donné de tout dire, tout, tout ce que je savais ! Quelles bonnes histoires je me faisais une fête de vous servir ! quelle mine féconde que la Restauration avec son air prude des premières années, ses dévots de commande et ses dévotes par ordre, lesquels ne laissaient pas perdre la bonne part du diable, au milieu de leurs génuflexions, adorations, processions et pèlerinages ! Oui, c'est une mine féconde pour le chroniqueur, qu'une époque où l'on trouve à chaque pas des historiettes piquantes, et où l'on peut se rire des faux dévots sans viser à la facile plaisanterie anti-religieuse du dix-huitième siècle (laquelle ne me paraît ni convenable ni bien divertissante)[1]. Les censeurs, en présence de pareilles anecdotes, sont mal venus à crier *tolle* contre le narrateur, et à lui jeter le reproche d'impiété à la face, car ce n'est pas lui qui est impie, mais bien les acteurs qu'il met en scène. Quand le roman invente une histoire plus ou moins scandaleuse où il représente un ou plusieurs personnages se jouant impudemment des choses saintes, on peut jusqu'à un certain point dire à l'auteur : Vous faites là une

---

[1] Il est inutile de dire que cette appréciation ne porte pas sur quelques chefs-d'œuvre comme *Candide, la Princesse de Babylone, le Neveu de Rameau*, etc.

supposition gratuitement méchante, et vous calomniez ceux à qui vous prêtez ces actions et ces pensées mauvaises. Mais quand l'histoire, — et c'est de l'histoire que je vous ai contée pendant ces six volumes. — Quand l'histoire trace de sa plume inexorable des faits réels, quels qu'ils soient, ce n'est pas sur l'historien que la honte du scandale peut rejaillir ; c'est sur ceux qui ont commis ce qu'il rapporte en toute sincérité.

Je regrette donc profondément de n'avoir pu vous donner l'histoire des *Boudoirs* des trente dernières années, comme j'ai essayé de crayonner celle des années précédentes. Le *Boudoir,* mêlé à la sacristie et au confessionnal, eût eu un aspect qui n'eût pas manqué de vous divertir. J'ai fait une fois en ma vie un livre qu'il faut bien appeler un roman, puisque la fable générale de ce livre est tout entière de mon invention. Mais, mon Dieu! un des épisodes principaux de ce roman, l'épisode sur lequel repose tout le livre, et qui montre une femme faisant à son confesseur l'aveu de la passion qu'il lui a inspirée, il n'est pas sorti de mon cerveau. C'est un reflet d'une histoire très-réelle qui s'est passée à Paris en l'an de grâce 1822 ou 1823. Seulement, dans mon livre, l'honnête ecclésiastique repousse avec horreur cette impie confidence, et se dérobe par la fuite à la tentation, tandis qu'il n'est pas très-sûr que le tendre aveu de la noble pénitente ait eu un si malheureux sort.

Et ces belles dames qui brodaient de leurs belles mains des mitres étincelantes de pierreries pour des prélats que l'on pourrait nommer, qui exigeaient d'eux que ces objets confectionnés par elles, ils s'en parassent quand elles iraient les voir officier dans toute leur gloire ! Je sais là-dessus des détails à mourir de rire.

N'ai-je pas connu une dame de très-bonne maison, qui, dans son admiration un peu trop vive pour le prélat sous la direction duquel elle avait mis sa conscience, décomposait d'une manière ingénieuse le nom de *Monseigneur*, que l'on donne aux évêques, et ne disait, quand elle parlait de lui à une de ses co-pénitentes, que : Notre Seigneur! Je l'ai entendu de mes propres oreilles ! J'ai voulu voir si ce n'é-tait point une manière de parler qui lui était propre. J'ai amené la conversation sur le prélat. En m'en parlant elle a dit : Monseigneur; et plus tard, la retrouvant avec une de ses amies, comme elle péni-tente du prélat, j'ai entendu le bienheureux : Notre Seigneur ! revenir sur l'eau.

Quand les philosophes du dix-huitième siècle.égayaient leurs lecteurs par des récits amoureux dont les héros étaient des gens d'église, des moines ou des religieuses, on pouvait leur dire : Qu'en savez-vous? Avez-vous vos entrées derrière les grilles dont vous nous dévoilez les mystères?... Mais le cas n'était pas semblable. Ces femmes que l'on voyait pieds nus dans les processions du Jubilé, la plupart d'entre nous savaient à quoi s'en tenir sur la sincérité de leur repentir, et auraient pu dire jusqu'à quel point le cilice macérait ces belles chairs sous le dernier vêtement.

Et puis dans les quinze années qui se sont écoulées de 1815 à 1830, ne croyez pas que je n'aurais eu à vous raconter que des histoires à l'eau bénite ! Grâce à Dieu,

il ne manquait pas de très-jolies femmes
qui avaient le bon esprit de ne pas donner dans la momerie, et qui auraient ap-
porté leur contingent à mon livre aussi
généreusement que leurs mères et leurs
aïeules. Le *Boudoir* pur-sang nous aurait
fourni une ample moisson dans laquelle
nous n'aurions eu qu'à choisir, et après
vous avoir donné la fleur de cette moisson, j'aurais été obligé de vous dire : *J'en
passe, et des meilleurs.*

Il est vrai que c'est pour le coup que
j'aurais été à l'*index*. Ne riez pas ! la chose
mérite la peine que je vous la raconte.
Figurez-vous qu'il y a à Paris, — oui, à
Paris, — une sorte de journal qui s'appelle
la Lecture, auquel est annexée une feuille
intitulée *Bulletin de Censure*. Cette feuille,
dans le goût de Fréron, moins l'esprit,
s'attaque à tout le monde, et j'ai eu l'hon-

neur de passer par ses dents. Si ce n'était que de la critique littéraire, vous comprenez que cela irait tout seul, et que s'il prend fantaisie à un critique quelconque d'être bête à votre endroit, il en a le droit incontestable, et ce serait être plus son ami qu'il ne le mérite, que de se donner la peine de chercher à l'en empêcher. Mais *le Bulletin de Censure* ne fait pas de critique littéraire, il a peut-être de bonnes raisons pour cela ; et puis c'est bien de cela qu'il s'agit, ma foi ! Voici le but de cette feuille.

Sous le titre d'*Index français,* on y passe en revue les ouvrages nouveaux *que l'on interdit aux orthodoxes,* lorsqu'ils ont le malheur de ne pas agréer à MM. les Rédacteurs de l'*Index.* Vous ne me croyez pas? C'est bouffon, je l'avoue, mais c'est la vérité pure. Là, j'ai eu la douleur de voir jeter l'anathème sur ces pauvres *Boudoirs ;* il est vrai que je me suis un peu consolé en me trouvant en compagnie de Victor Hugo, Alexandre Dumas, George Sand, Balzac, Frédéric Soulié, en un mot, tout ce que la *France Littéraire* a produit de plus noble et de plus illustre.

Vous comprenez que l'*Index* en question n'a pas même le pouvoir de donner ce petit mouvement d'impatience que donne une critique plus ou moins juste, plus ou moins bien faite. C'est écrit en style de prône de village, et grossier outre mesure. Les grossièretés ne fâchent personne. Mais la chose ne s'arrête pas là ; il y a un *index rétrospectif* où les inquisiteurs de nouvelle date fauchent impitoyablement tout ce qui depuis quelques années a paru de remarquable. C'est dans cette réminiscence de proscription que l'on trouve la condamnation du chef-d'œuvre de la prose moderne, *Notre-Dame de Paris !* C'est là aussi que j'ai trouvé quelques colonnes, qui, si l'attaque partait de moins bas, auraient été sévèrement relevées par moi : Ces colonnes sont relatives à ma mère.

Oui, les *Mémoires* de ma mère sont à l'*index*, de par M. l'abbé Desgenettes, rédacteur de cette feuille immonde, et de par M. le marquis de je ne sais quoi, qui y accole aussi son nom. En vérité, quand on voit la haine de pareils êtres s'exercer sur les ouvrages d'une femme morte depuis sept ans, on se sent saisi de plus de dégoût et de mépris que de colère. C'est une honte que de voir un vieillard, un prêtre, tremper dans le fiel sa mauvaise plume de critique pour verser des injures sur un livre comme les *Mémoires* de la

duchesse d'Abrantès. Il faut être né inqui-
siteur pour calomnier ainsi en pure perte :
en pure perte, c'est le mot, car le but
avoué de l'*Index* est d'empêcher les lecteurs de lire les livres proscrits, et deux
éditions *des Mémoires* sont épuisées, malgré la petite rage des proscripteurs. Mais
le salut des âmes de ceux à qui ils s'adres-
sent est ce qui les occupe le moins ; le but
avoué n'est pas le but réel : le seul qu'ils
aient en écrivant leurs turpitudes, est
d'injurier. La calomnie ! Il en reste toujours quelque chose, n'est-il pas vrai,
Basile ?

Vous me pardonnerez, vous qui lirez
ces lignes, d'être descendu à relever les
honteuses attaques de ces gens-là ; pour
ce qui me regarde, je me suis contenté de
leur rire au nez ; mais pour ma mère,
puisque je parlais d'eux, il fallait bien

que je leur disse que je les méprise, et que j'appelasse sur eux, qui le méritent, le mépris que leur haine impuissante cherche à appeler sur ceux qui sont trop loin d'eux pour qu'ils puissent jamais les atteindre.

Ils auraient été moins irrités de ce que j'aurais pu dire des quinze dernières années, quoique parmi les boudeuses du noble faubourg il en est beaucoup qui, tout en fermant leurs salons, ont laissé entr'ouverte la porte de leurs boudoirs. Ceci soit dit sans calembourg. Toujours est-il que ce n'est pas chez elles que j'aurais été prendre sur le fait le boudoir de ce temps-ci. A quoi bon répéter ce que j'ai dit quelques pages plus haut? A quoi bon vous dire combien je les regrette, ces bonnes histoires d'aujourd'hui et d'hier, qui, pour être connues de tous, n'en offrent pas moins d'intérêt, et qui eussent

été le complément de cet ouvrage ? Au
lieu de deux ou trois que je vous ai données en courant, comme j'aurais nagé en
pleine eau dans cette vaste mer de scandale et de galanterie! Comme il eût été
gai de voir M. de G....., ayant à cœur de
ne pas laisser à sa femme de doutes sur
sa liaison avec madame de L....., chez laquelle il était à la campagne, imaginer
d'écrire à sa maîtresse d'appartement à
appartement, puis se tromper à la manière de Léandre, du *Distrait*, et envoyer
à Paris la lettre destinée à la maîtresse. Je
vous aurais fait tressaillir en vous racon-
tant la suite de cette espiéglerie conjugale
de nouvelle espèce, car cette suite n'a été
rien moins que la mort d'un homme;
d'un homme que la femme éclairée par
son mari ne rebuta plus comme par le
passé, dont elle fit son amant, qu'elle

aida à dissiper sa fortune, et qui mit un
terme à ses désastres par un coup de pis-
tolet. Oui, je vous aurais raconté toutes
ces histoires que vous savez, et qui pourtant n'auraient pas été pour vous dé-
nuées de charme; et aussi celles que vous
ne savez pas, non moins véridiques quoique plus ignorées, et que j'avais recher-
chées avec tant de peine.

C'était là surtout ce que voulait l'aimable comtesse de W..., sur l'ordre de
qui j'ai commencé l'histoire des *Boudoirs
de Paris*. Quand elle vint voir si j'avais ac-
compli ma tâche, il se trouva qu'il n'y
en avait qu'une partie d'exécutée.

— C'est très-bien, daigna-t-elle me dire
avec cette indulgence qui caractérise les
gens d'esprit, mais je vous attends au
temps présent.

Hélas! que va-t-elle dire quand elle va

voir que ses ordres ont été méconnus, ou du moins imparfaitement exécutés. Pour moi, qui sens combien serait juste sa colère, quoique je ne sois pas coupable, je suis décidé à me jeter à ses pieds pour implorer son pardon ; et comme j'espère qu'elle sera assez juste pour ne pas me condamner sans m'entendre, je ne lui demanderai pour me justifier que la faveur de lui raconter à elle, dans son boudoir à elle, toutes les histoires de boudoirs inédites dont j'avais fait provision pour lui obéir, et que je n'ai pu placer ici. Si elle m'accorde ma demande, j'en ai une telle kyrielle à lui dire, que pas un de mes héros de boudoir n'aura pu se vanter d'avoir occupé l'attention d'une belle personne aussi longtemps.

TABLE DES CHAPITRES

CONTENUS DANS LE SIXIÈME VOLUME.

—

FIN DU TOME VI ET DERNIER.

www.ingramcontent.com/pod-product-compliance
Lightning Source LLC
Chambersburg PA
CBHW050156030726
47505CB00005B/1399